U0053732

根

以讀者爲其根本

莖

用生活來做支撐

葉

引發思考或功用

獲取效益或趣味

男人的高跟鞋

岳清清——著

人都會跟魔鬼打交道
沒有掙扎，哪來享受罪惡的快感?!

紫薇GRAPE MYRTLE

男人的高跟鞋

作　　者：岳清清
出 版 社：葉子出版股份有限公司
發 行 人：宋宏智
企劃主編：萬麗慧・鄭淑娟・林淑雯・陳裕升
媒體企劃：汪君瑜
活動企劃：洪崇耀
責任編輯：姚奉綺
文字編輯：傅紀虹
美術編輯：亞　菉
封面設計：亞　菉
插畫繪製：亞　菉
專案行銷主任：吳明潤
專案行銷：張曜鐘・林欣穎・吳惠娟・葉書含
地　　址：台北市新生南路三段88號7樓之3
電　　話：(02)23635748　傳真：(02)23660313
E-mail：service@ycrc.com.tw
網　　址：http://www.ycrc.com.tw
郵撥帳號：19735365　戶名：葉忠賢
印　　刷：鼎易印刷企業股份有限公司
法律顧問：北辰著作權事務所
初版一刷：2004年8月　定價：新台幣200元
ISBN：986-7609-38-7

總經銷：揚智文化事業股份有限公司
地址：台北市新生南路三段88號5樓之6
電話：(02)23660309　傳真：(02)23660310

男人的高跟鞋 / 岳清清作. -- 初版. -- 臺北市：葉子,
2004 [民 93]
面；　公分. --（紫薇）
ISBN 986-7609-38-7（平裝）
857.63　　93012367

※本書如有缺頁、破損、裝訂錯誤，請寄回更換

作者簡介

岳清清

筆名奧亞，文大藝術研究所戲劇碩士。
電視編劇，文學作家。

從小學習音樂、舞蹈，在大學時閱讀無數多國文學作品，接受電影課程訓練，漸漸對戲劇產生興趣，最後選擇從事戲劇藝術創作，與寂寞共處。

一個人在睡夢裡往往可以看到真實的事情——威廉．莎士比亞（William Shakespeare）

學歷
文化大學藝術研究所戲劇碩士
文化大學戲劇、電影雙修學士
台北市華岡藝術學校舞蹈科

現職
電視編劇

教授經歷
金華國中、華岡藝校、台北市社區少年學園（中途學校）。

書籍作品
《慾望．瘋城》、《獵愛一狂慾狂想國》

專長
寫作、電影電視評論、舞蹈

興趣
看電影、聽音樂、逛街（購物狂）尤其喜歡買鞋子

個性
幽默、少一根筋、喜歡挑自己毛病，對周遭事物特敏感

熱愛
藝術創作、時尚流行

最崇拜的人
William Shakespeare

Catch me，if you can！
Regards
Ching Ching

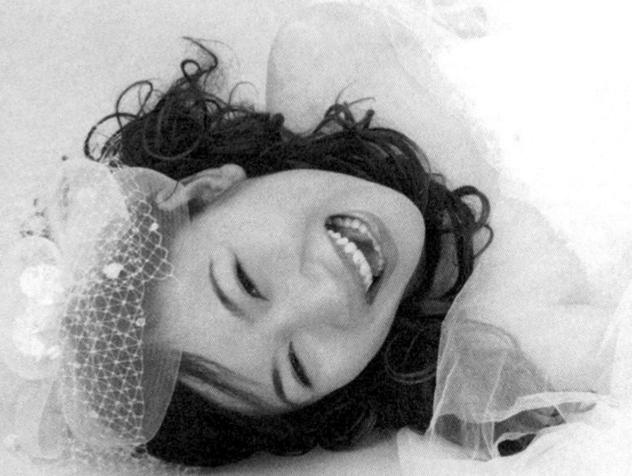

自序

上本書《獵愛》的故事使朋友們看了直呼過癮！對文字大膽真實的呈現運用，朋友均給予極高的贊賞與鼓勵，並期待這本書《男人的高跟鞋》能讓他們中毒更深，創作新鮮的故事題材來激發他們的想像力，我想這本書應該不會讓他們失望。

如果說「高跟鞋」是象徵女人或性別的一種物件，我相信沒有人會反對，但男人如果有高跟鞋就會引起一些揣測，這是否又是一種『性暗示』呢？本書提升了對物慾的思考面，探討誘使者與被誘者之間的循環互動關係，也就是『誘惑的力量』。我不是一個喜歡言怪力亂神的人，但我卻相信，我們人類是有無法抗拒或控制這宇宙間的一股無形的循環力量，那是什麼我不清楚，但你跟我一樣都能感受到。因此我用『創造愛情』與『宿命論點』的掙扎關係來打造一雙會讓男人致命的高跟鞋，凡穿上它的便掌握了主控權，不相信你可以穿看看！

在我寫作《男人的高跟鞋》期間，我差點愛上一個自己不能愛的男人，是經由朋友的介紹才與他熟識的，他長得還不錯，幽默有主見而且帶點驕傲。朋友們都知道我並不喜歡驕傲的男人，所以認為我們並不會有任何結果，好玩之下跟朋友打賭，一定要澆熄那個驕傲男人的銳氣，讓他知道我們女人並不是他所想的那麼無用，於是準備『發功』動心機來設計這個男人！並在大夥聚會的時候用眼神、話題或一些動作來牽引他的注意力，哈！我果然成功地讓他喜歡上了我。我們女生的想法是，當達成目的之後就要將他甩開，這樣才能顯示我們女人比他還驕傲！可人算不如天算！自己卻又白痴地喜歡上了他的驕傲，遭到眾女友們的唾棄搥打，還得請她們吃大餐。唉……可見得這個男人在平常的生活中已然隱藏了一種對我的誘惑力量，這本書能夠完成還多虧了他呢！

有人說跟寫作的人交朋友是一件很可怕的事，會擔心被出賣，哪一天看見自己的故事成了作者抽版稅的途徑，沒賺半毛不打緊還毀了自身的形象。可我說做我的朋友該驕傲，形象哪有那麼重要，重要的是我會在其他方面補償你們的，所以該注意的是，當哪一天我要請你們吃飯的時候，就表示你跟我書中的人物可能會有一些關係！Love You！

此書獻給我的朋友們。

岳清清　筆於藍色大門密室中

【目次】

【目次】

一雙會讓男人致命的高跟鞋，你越想遠離越找不到出口，
愛上了這雙鞋就注定你這輩子將受到詛咒，
因為你就身處在命案現場，除非你找到下一個替代者，
謀殺你的腦細胞……

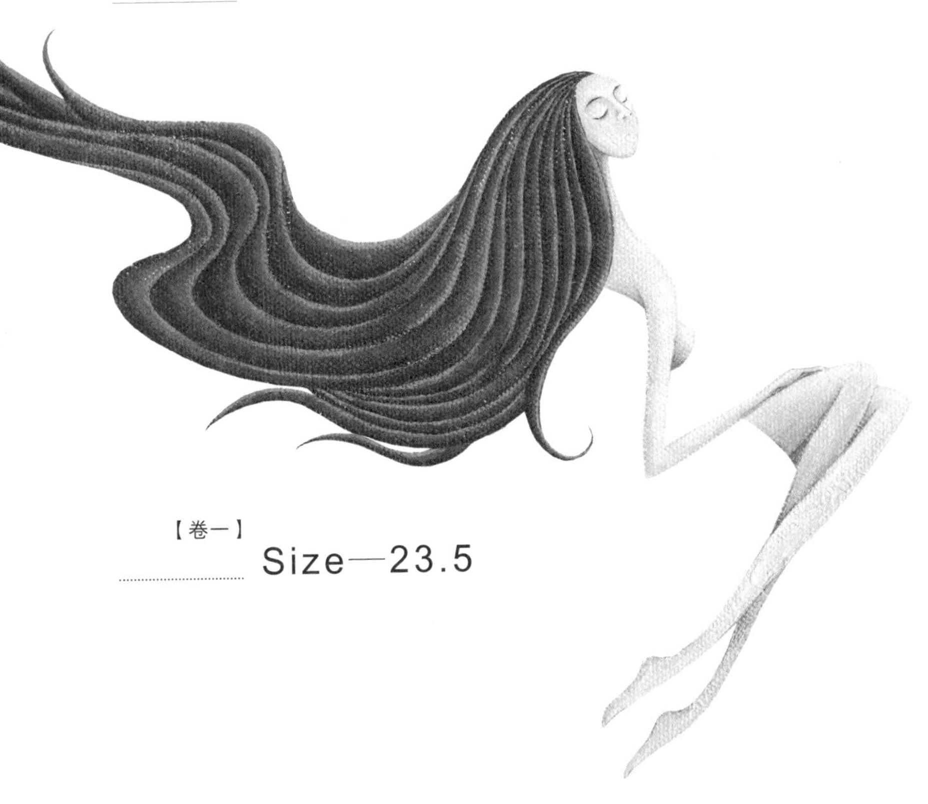

【卷一】

Size—23.5

突然間失去視覺的人，
永遠不會忘記停留在他消失視覺中的寶貴影像，
我們在黑暗中尋求微弱的光影，
卻還在眷戀——

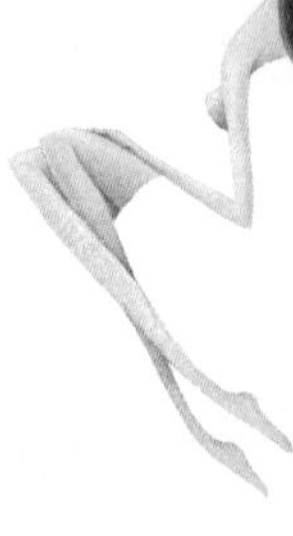

李偉盯著鞋櫃看很久，專櫃小姐也盯著李偉看很久。

「先生，這雙鞋只剩下24號了，你要嗎？」

「24號……」李偉唸著，他伸手將櫃上的鞋子取下。

米白色的高跟鞋，鞋跟一吋高，兩片蝴蝶般的葉片精緻地平貼在左側鞋面上。義大利的廠商說這是一雙會呼吸的鞋子，他們所研發的薄膜可將排出的汗用水蒸氣的方式排出，鞋子內部的環境最是會滋生黴菌的溫床。穿錯了鞋就要怪那些製造鞋子的匠工沒腦袋，完全忘了恆溫這檔事，開洞透氣、除潮濕、保乾燥，這就成了一雙會呼吸的鞋子，義大利人稱說這是一項革命性的研發。

李偉拿著鞋不放，他好像是相信了廣告商的標語說法，「這雙鞋很好看。」能得到李偉說的這句話可讓專櫃小姐放寬心地笑了起來，「這雙鞋當然好看！」因為一個客人可以呆滯在那裡盯著這雙鞋看三十分鐘也真是不簡單，他要是買了，業績就會多一筆好看的數字，聽他這麼一說，肯定是要掏錢的。

「不過我還是要23號半。」李偉將鞋子放回了櫃子上，專櫃小姐啞了嘴。

「你們有分店嗎？或著是會再進貨？」李偉準備離開時問著專櫃小姐。

「因為我們店裡鞋子進的不多，一個Size也只有一雙，不過我可以打電話幫你問問看……」專櫃小姐撥起了電話，確定了忠孝分店還有一雙23號半的Size。

「先生，你要不要明天再來，我請人去把那雙鞋子送過來。」

李偉看了看手錶，「不用了，妳告訴我地址，我自己過去就行了。」

專櫃小姐心裡有著火氣，眼看一筆兩萬塊的生意就要被分店給搶走了，實在非常不甘願。

李偉接過地址後，從皮夾裡掏出了一千塊小費給專櫃小姐，「謝謝。」李偉和專櫃小姐道謝後走離，專櫃小姐還不敢相信地看著手上的一千塊。

到了忠孝分店，李偉瞧著和剛剛同款式的鞋子，問了一旁的專櫃小姐：「剛才你們總店的小姐有打電話來問這雙鞋的存貨，我要23號半的Size。」

「啊，對不起……我忘了替您保留了，您要的Size被那位小姐給買走了……」專櫃

小姐像犯了錯一樣地跟李偉猛彎腰道歉著。

李偉回身一看，一個穿著牛仔褲綁馬尾的年輕女孩，正提了袋子往外走出去。他衝了出去追著那個女孩。

「小姐……」李偉跑了一些路後，喘著氣大聲地叫著楊衣晴。

衣晴嚼著口香糖回頭盯著李偉，「你叫我？」

李偉吞了一口口水緩了氣點頭，「對。」

「有什麼事情嗎？」衣晴帶有防衛性的眼神問著李偉。

「妳的鞋子……妳手上的那雙鞋子可以給我嗎？」

衣晴聽了李偉這麼一說，搖頭大笑著：「這個社會路上的瘋子可真多啊，我花錢買的鞋子一個陌生人竟然來跟我要，無聊！」衣晴不理會李偉掉頭就走

「別走，我是要跟你買那雙鞋，不是白跟你要的！」李偉走到了衣晴的面前定定地看著她。

「先生，這雙鞋那家鞋店裡多的是，你幹麼要我手上的這一雙啊！」衣晴有點不耐煩地瞪著李偉。

「因為唯一的一雙23號半的Size在妳手上，店裡已經沒有了。」李偉焦急地直望著衣晴。

「你知道現在你站在哪裡嗎？」

李偉看著停在一旁的警車，「那又怎樣？」李偉固執的眼睛盯著衣晴，像是看透了衣晴一樣，衣晴不知怎麼搞的，雙腳竟畏縮地退了兩步。

「什麼……妳答應要轉賣給他？」衣晴的室友Sandy問著她。

「不然怎麼辦啊？我去麥當勞吃東西他也跟著，我進捷運的女廁他也守在外頭，這種纏人的方法我能不屈服嗎？」衣晴嘟著嘴問著Sandy。

「那妳可以報警啊！妳不怕他是神經病啊？」Sandy露出誇大的表情說著。

「他看起來不像是神經病，穿著打扮都是一副上流階級的樣子，應該不是神經病，

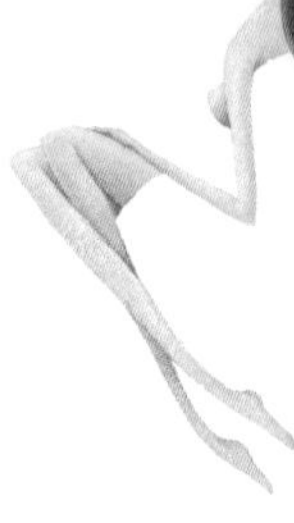

而且要是報了警，警察問起原因，妳要我怎麼說啊，因為我不讓鞋子給他，他就陪我吃麥當勞……這種說法不是很丟臉嗎？」衣晴有她的一套見解，「而且很難得看到現在有這麼執著的人，為了一雙鞋可以跟我耗那麼久。」衣晴對Sandy解釋著。

衣晴是個心地善良的大四學生，大眼睛繞著半月形的俏睫毛，靈活了她的神韻，兩旁的酒窩讓喜歡大笑的她顯得更朝氣。她拗不過李偉的要求，答應兩個禮拜後再將鞋子轉賣給李偉。她也答應李偉不穿它，可是為了平衡損失的心態，用兩個禮拜的時間補償了她觀賞的價值性。但是她也只能做著出生以來最愚蠢的事了，那就是把高跟鞋放在電視機上展覽著，下課後摸摸它，睡覺前看著它，這對一個追求時尚的女性而言，簡直是在受苦刑一樣的難熬。

「我受不了了，我要打電話給他！」衣晴對著Sandy說。

「那是你甘願受的，現在就後悔啦！早叫妳別那麼濫用同情心，同情心可是會害死人的。」

聽Sandy這麼一講，衣晴可真是糊塗了，「一雙鞋而已，哪那麼嚴重啊？」衣晴嘟噥著。

這就是Sandy，腦子裡裝了許多偏激的想法，她也整理了許多『偏激主義思維』的文章，多數的章節都是她精心設計的，被二一的她一點都不在乎學校對她所做出的判決，個性像男孩子，有點憤世嫉俗，行為有點古怪。

衣晴找著皮夾裡的名片，一副想要把李偉揪出來的樣子，「找到了！」看著名片上的電話號碼，衣晴鼓起勇氣打了這通電話。她約李偉隔日出來談判，她認為自己根本沒有理由要將鞋子讓給李偉，而李偉則是輕聲細語要求見面再談。

「他的聲音為什麼聽起來這麼悲傷？」衣晴掛上了電話，慢慢地想著自己這樣做到底對不對？

在敦化南路轉角的咖啡店外，李偉朝著衣晴走來，她看見李偉眼中的淚水，只不過是一雙鞋子，為什麼他會那麼激動？衣晴真是不明白。那天的天色有點灰濛，但不至於可以讓一個人的情緒這麼哀愁。衣晴覺得李偉是一個活在絕望中的男人，她彷彿可以聽到李偉的心跳聲，訴說一段過往傷心的故事……

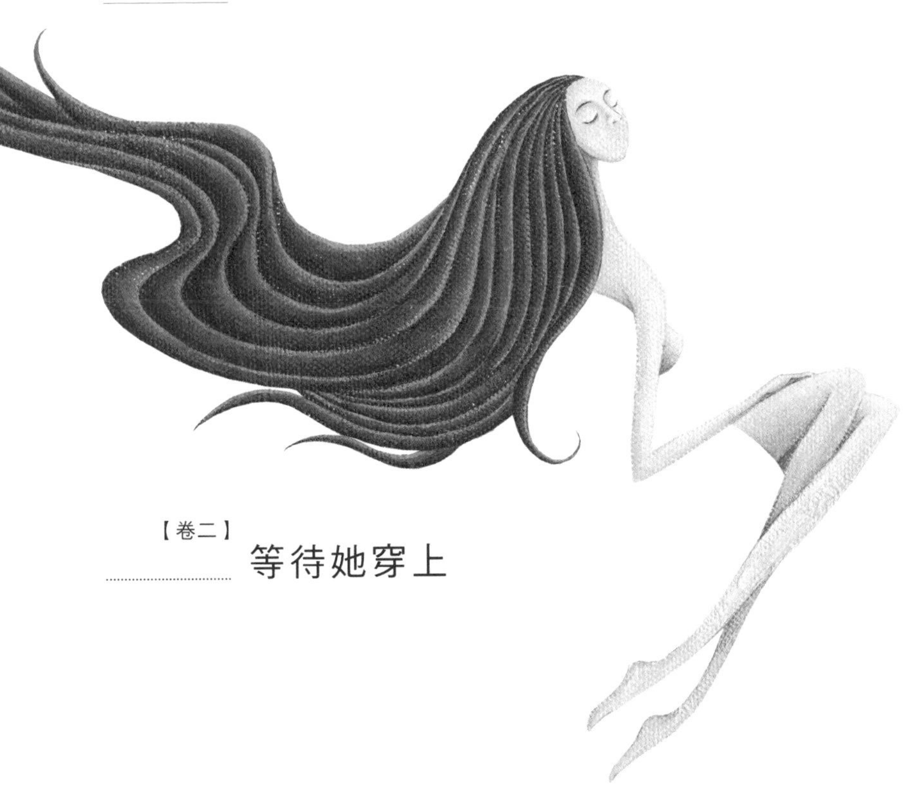

【卷二】

等待她穿上

一個未知的愛情，我們等待；
一個未知的結果，我們等待……
這一切看起來如此簡單的事情，當你發現它的重要性後，
『需要』就超過你的想像，所有事情看起來就不再簡單了——

一個男人為什麼會活得不快樂？李偉為什麼會活得那麼悲傷？如果要找一個故事，一個可以感受愛情的故事，李偉會不會是衣晴鏡頭裡的那位主角？

「你怎麼啦？」衣晴不明白地問著李偉。

「妳要什麼我都可以給妳，用十倍的價錢賣我，我也答應……」李偉好像身體不適地說著這些話。

衣晴看著李偉憂鬱的眼神，不自覺的哀愁感壓制著她的心，不等李偉把話說完，衣晴就笑著伸出手示好：「如果你肯跟我做朋友，我就答應用原價轉讓給你。」

李偉愣了會兒，稍低的頭看著衣晴的手，他鬆了眉望著衣晴，慢慢地他也伸出了手。他的微笑是淒冷的，黑白分明的眼珠子被厚重的眼皮壓著，掩蓋了些這個男人的魅力。

衣晴感覺到李偉的血液竄動在他的手掌間，他的手好細緻，好好看，衣晴發現李偉身上有一股力量，一股會讓她屈服而甘願的力量。

海風很大，站在沙灘上，雙腳是不穩的。

「你喜歡看海？」

「不喜歡。」

衣晴覺得奇怪，為什麼李偉不喜歡看海還要來海邊？尤其花了近一個小時才到這裡，這看起來並沒有什麼意義。

沉默了幾分鐘，衣晴拿起樹枝劃著細沙，「我喜歡海邊！喜歡沙灘！喜歡貝殼！」衣晴快樂地說著。

「妳喜歡再多的東西又怎麼樣？『再多』也不是妳的……」李偉淡淡地說著。

「喜歡又不一定要擁有？」衣晴在說話時瞄著李偉。

「當妳發現它的重要性後，『需要』就超過妳的想像，所有的事情看起來就不再簡單了。」

衣晴聽了李偉說的話後，直覺李偉是一個怪人，她在想……李偉有朋友嗎？家人在哪裡？是做什麼的？搞不好這個人會自殺也不一定。

「妳害怕嗎？」李偉問著衣晴。

「你問我這個幹什麼？」

「我是問妳……跟才認識的人到這裡會不會害怕？害怕我這個人……也許還會害怕我接下來要對妳做的事……」李偉直視著衣晴，衣晴卻不知為什麼，覺得李偉說這話時讓她感到好笑。

「我楊衣晴天不怕地不怕，就是怕小強！所以要我怕你，還差得遠呢？」

「小強是誰？」

衣晴笑得很大聲，「你這個人活這麼大還不知道小強是誰啊？真好笑耶你！連國小的小朋友都知道小強是隻蟑螂啊！」

李偉輕笑的聲音被衣晴聽到。

「喂，你笑起來很好看，為什麼不常笑啊？」

李偉的眼睛避開了衣晴，「我們才認識……你怎麼知道我不常笑。」

衣晴俏皮地對李偉說：「我是個很敏感的人，見了你兩次就知道啦！」

李偉踢了踢旁邊的小石子，衣晴覺得這個人越看越眼熟，「我好像在哪裡看過你耶……」

「是嗎？」李偉並沒有想要繼續衣晴的話題。

「喂，你是做什麼的啊？」好奇心驅使衣晴問著李偉，尤其當海風吹開了李偉眉頭的髮絲時，李偉的側面看起來很挺、很俊，是會讓女生多注意兩眼的那種男人，衣晴也不例外。

「妳還在唸書吧？學生對許多事情都會抱著好奇心的。」李偉將手插入口袋，拿出口袋的手錶往左手戴著。

「我雖然是個學生，但未必人人像我這樣有求知慾啊！」衣晴單純地應著李偉。

「求知可以，打破沙鍋看到事實的真面目，就不見得是妳想要的……」李偉用著他鬱悒的口吻說著。

「正如你現在所看到的，我是一個不知道笑的樂趣在哪裡的人，妳還會想跟我做朋友嗎？我做什麼……是一個什麼樣的人，我想也不重要了吧。」

「你這個人太自以為是了吧，我只是隨口問問而已，幹什麼想得那麼嚴重啊。」衣晴溜溜的眼看著大海。「這樣吧！明天你來我學校找我，我上午有一堂課，中午我就把鞋子拿給你。」

「謝謝……。」

衣晴確定李偉跟他道謝時，是有轉過頭來看著她的。

如果在地球數億的生命裡，這個男人是注定要跟你遇上的地球人的其中之一，不知道是幸還是不幸？衣晴看著李偉走在沙灘的背影這樣想著。

「他的身高大概有一八〇吧！」衣晴舉起手往自己的頭上比了比。

「長得怎麼樣啊？」Sandy挑了眼問衣晴。

「嗯……算是帥哥啦！」衣晴對Sandy敘說著李偉的樣子。

「就知道妳這個女人！還不是會在意外表，還說自己是個會欣賞男人內涵的女人……」Sandy打著電腦搖頭說著。她在電腦裡畫著圖，看起來像是室內設計的圖稿，還著了色，核桃色、紫色……空間很立體，很寫實也很虛幻，還有一個長髮的女人靠在窗邊，看著窗外黑壓壓的景，黑沉的窗外好像有一雙黃金色的眼睛直盯著室內，有可能是非人類的眼。

「我相信他會是一個好故事！」衣晴脫下外套，從冰箱裡開了一罐可樂喝著。

「真的假的？妳要拿他當題材啊？」Sandy停下手上的工作看著衣晴。

「真的。」衣晴斬釘截鐵地說著。

衣晴是學電影的，她想要在畢業作品上拍一個小故事，經過了半年的塗塗改改，筆記本上全都是想過又劃掉的痕跡。紀錄片不是她的興趣，動畫連想都沒想過，老師曾經提醒過她再不想清楚要弄的東西，就有可能會延畢。她還是沒有辦法找到自己要拍的故事，更何況她喜歡做自己喜歡做的事，不是為文憑，也不是為金穗獎或輔導金，而是找尋到生活中所感動的創作。

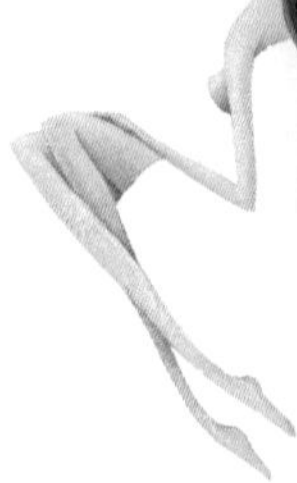

在約定的第二天中午，李偉準時到了學校門口，格子襯衫的肩上披了一件毛衣，入秋的暖陽將他黝黑的髮色透得更亮眼，輕鬆的裝扮讓李偉看起來比較有活力。他就這樣背靠著校門的牆邊，頭稍低地看著腳下，習慣地用腳踢了踢旁邊的石頭。

「你是不是小時候常玩石頭啊？」

「啊……」李偉抬起頭發現衣晴已經站在眼前了。

「喔……習慣吧……」李偉挺直了身子站好回應衣晴。

「拿去吧！」衣晴將袋子遞給李偉，「鞋子在裡面，我沒穿過，還是新的！」

李偉眼睛看著衣晴，衣晴覺得李偉已經沒把她當陌生人了，起碼這次的眼神傳給她的感覺比較沒有距離。

李偉將袋子抱得很緊，隨後便將鞋子的錢掏給了衣晴，「謝謝妳……不知道妳現在有沒有時間，我想請妳吃個飯。」

衣晴將錢放入口袋後說著：「好啊！」

「想吃什麼？」李偉開著車問衣晴。

「嗯……我想吃漢堡、炸雞、可樂！」衣晴用手指撥數著要吃的東西。

「妳果然還像個小孩，這些速食都是你們年輕人喜歡吃的東西。」李偉笑著。

「你有多老啦！說我像小孩，告訴你，我已經23歲了耶！而且再過幾個月我就要滿24歲了！我可是我們班最老的呢！同學一算我的年紀，就知道我重考過。唉……快要24歲啦！」衣晴又撥著手指算著。

「23歲，我們倆差了七、八歲呢！」李偉邊說邊將車子停在速食店的停車格裡。

在用著餐的時候，衣晴終於忍不住問了李偉他為什麼要那雙鞋子？

李偉馬上將笑容收起，喝了一口冰咖啡後回了衣晴：「我幫我女朋友買的。」

「你女朋友看過這雙鞋嗎？」

「沒有。」

衣晴更是疑惑，「沒有？那你為什麼堅持買這雙鞋啊？」衣晴用紙巾擦了擦嘴問著李偉。

「因為……因為我等待她穿上。」

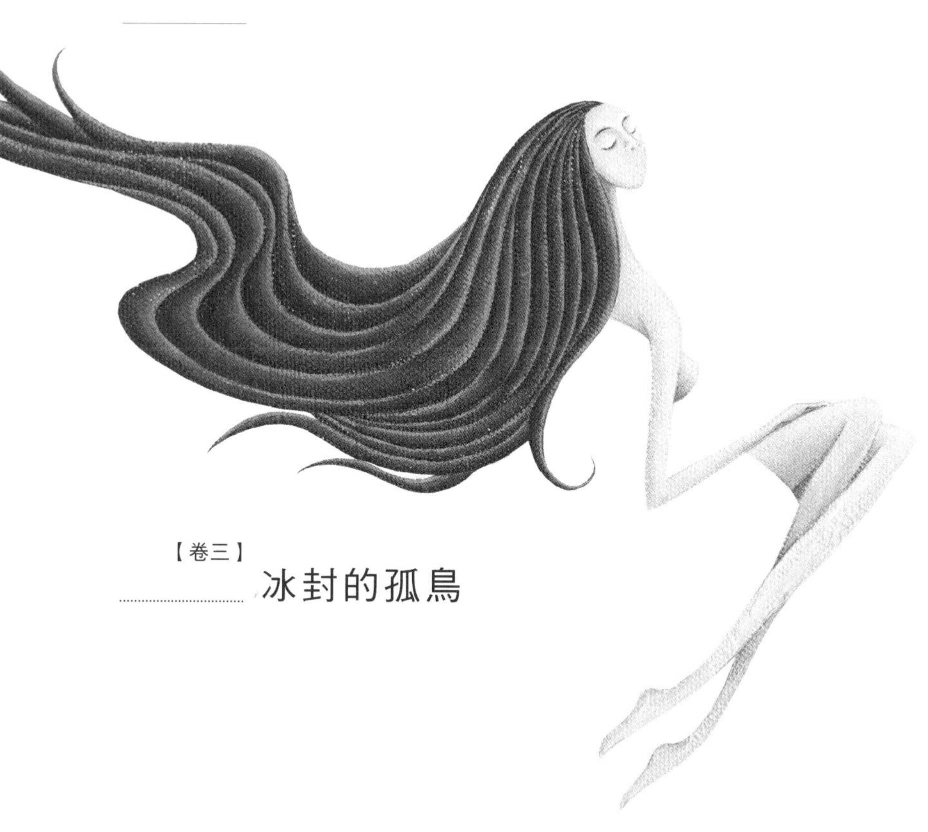

【卷三】

冰封的孤鳥

感動，不是淚水中才有，哀傷的微笑也算是一種感動，
那樣的孤鳥心境是冰冷透澈的，
是一種寂寞，
是一種死了的快樂感受——

一頁空白的紙上填寫了兩個字，「李偉」。專程買來寫創作紀錄的本子開始注入了生命的活力，衣晴的手不自覺地寫下了李偉的名字，剎那，她想起了李偉是誰！「創下十場加演紀錄的劇團團長！」

衣晴從書桌的椅子上站了起來，「沒錯！『焱』劇團的團長！」

衣晴顯得很高興自己對於李偉有點模糊的了解，她解出了第一個『熟悉疑惑』的盲點。

而兩年前，在李偉相當走紅的時刻他卻突然消失了，在他最後一場的演出，衣晴還是他劇院座無虛席的觀眾之一。

衣晴越想心裡越激動，她找著李偉給她的名片，上面只有簡單的名字和電話而已，沒有註明他是做什麼的，再翻箱倒櫃地把她看過的所有舞台劇演出的節目單給找了出來。

「我記得我有留著啊……」衣晴好希望趕快找到有關李偉的任何相關資料。

「有了！」一本不算舊的節目單讓衣晴雀躍不已。

『冰封的孤鳥』就是讓李偉紅到頂端的代表作。翻開了節目表的內頁，一個意氣風發著戲服的年輕人，目光炯炯地直視前方，冰封的孤鳥最後溶解了眾人的心，為愛情找到了出口，找到了自由，而那自信的表現者就是李偉！多棒的一齣舞台劇，李偉筆下的孤鳥心境掌握住了台下觀眾的感受，那場會讓你疙瘩豎起的演出，令人印象非常深刻。

衣晴看著兩年前李偉的相片，再回想這幾次見面時李偉的神情，只剩下空殼裝了憂憂的茫然，衣晴搞不懂曾經這麼風雲的男人，現在為什麼那麼沮喪？

「因為我等待她穿上……」這句話是李偉說的，衣晴想著李偉說這句話的表情，有點失落，有點壓抑的笑容。也許李偉的消失跟她的女朋友有關，衣晴試著去分解這樣的狀況。

「為什麼？」衣晴的腦子一直在轉動這個問題，手機的嗶聲讓衣晴回過了神，是宇彬傳來的簡訊。

「開會還偷傳簡訊……」嘴裡雖然這樣唸著宇彬，但感覺還是很甜蜜。

衣晴將手機放入口袋，依著宇彬簡訊的指示，先到他的公寓去等他，衣晴很快地換好衣服出了門。

走在街道上看著店面所展示的鞋子，會無意間讓衣晴想到李偉。

「一個男人為什麼會買女人的鞋子？」衣晴實在弄不明白。

走進了鞋店，衣晴試著找尋那雙名叫『翅蝶』的義大利鞋，牆上貼有那雙鞋子的廣告海報，卻沒看見現場有那雙鞋的影子，衣晴盯著那海報看。

「小姐，那雙鞋已經沒有了。」專櫃小姐禮貌地對衣晴說明著。

「沒有關係……我只是隨便看看……」衣晴對專櫃小姐說著，不過那雙鞋對衣晴還是很有吸引力。

「你們翅蝶的鞋子在別家分店還有嗎？」

專櫃小姐想了一下，「別家分店啊……這要問問看耶，不過我想存貨量應該不多吧！」

衣晴覺得這雙鞋不至於會吸引這麼多人去買它啊，為什麼賣得這麼好呢？而且跟一般的鞋子價格比起來，翅蝶的鞋子算不便宜的呢，怎麼會被那麼多人看上了呢？

看著衣晴一直盯著海報，專櫃小姐善意地對衣晴說著：「這雙鞋子賣得真的很好，全台灣只進了一百雙而已……」

「可不可以請你幫我問問看，分店還有鞋子嗎？」

專櫃小姐很樂意為客人這麼服務的，她在打電話之前問了衣晴腳的大小。

「幫我問23.5的Size，謝謝！」

專櫃小姐愣了下將電話放下，她並沒有想要撥電話的打算。

衣晴覺得奇怪，「怎麼啦？」

「小姐，我們翅蝶這款鞋子沒有做23號半的耶……」

衣晴笑著對專櫃小姐說：「我上禮拜才買了一雙23號半的Size，怎麼可能會沒有呢？」

專櫃小姐又再次確定地搖搖頭，「我們真的沒有那種尺寸，會不會是妳記錯了鞋款啊？」

衣晴也很確定地跟專櫃小姐這麼說：「不可能的，我還轉賣給我朋友！」

專櫃小姐想了想，「我們上禮拜在分店的確有賣出一雙23號半的鞋子，不過那是世界上僅有一雙的Size，而且是義大利那邊不小心弄錯的……如果妳指的是那一雙，那妳就真的是太幸運了。」

衣晴覺得不敢相信，怎麼會有這種事情發生？賣鞋子的人會搞錯，連出產的源頭也搞了個烏龍，那也太巧，匪夷所思。

衣晴才步出了鞋店，電話就響起，她想可能是宇彬的催促。

「是我，李偉。」

衣晴有點意外，李偉第一次打電話給她。

「有沒有空……我想找妳吃點東西……」

「好，你說在哪裡，我去找你！」

衣晴掛下電話，坐上計程車到了一家餐廳，那是一家火鍋料理的餐飲。老闆介川以楓是中日混血的三十五歲男子，皮膚較李偉黑點，眼睛和李偉一樣明亮，說話的語氣很溫，個頭不算太高，對中日男人而言，一百七十公分算是勉強過得去的高度。

介川以楓所開的餐廳有設計前院庭園，由石板組成三面楓葉的形狀緊貼腳踩的地面，對門的左邊擱置了小魚池，庭院的周圍弄了一些花草，餐廳的貴雅美感輕巧地被烘托而出。衣晴推開玻璃門，看見坐在最底位置上的李偉和一個男人在說話，那個人就是介川以楓。

看著衣晴走了過來，李偉禮貌地向衣晴介紹介川以楓，「這是我的朋友以楓！這家餐廳的主人。」

以楓和衣晴握了手，「妳好！」

「你好！我叫楊衣晴，跟李偉認識不久的新朋友！」衣晴笑著對以楓介紹自己，以

楓淺淺的笑容隱含著成熟感，而衣晴的落落大方讓李偉感到很輕鬆。

以楓替衣晴拉了椅子坐下，「你們聊。」以楓招了手請服務生弄兩個養生鍋給他們，便至旁桌招呼剛進門的熟客。

「哇！這裡好多人喔！」衣晴脫著外套對李偉說著。

「好吃又舒適的餐廳人當然會多。」李偉喝了口紅酒。

「你在喝什麼啊？是葡萄汁嗎？」衣晴看著李偉的杯子。

「是啊……妳要試試嗎？」李偉覺得衣晴的問題很多，而且有點酣傻的個性，想逗她一下。

衣晴也不客氣地接過杯子喝了一大口，一嗆，把嘴裡的紅酒全噴在李偉的臉上，「這是酒啦……」

李偉又輕笑了一聲，原本是要對她開個小玩笑，沒想到卻整了自己。

看著李偉臉上被自己噴得都是紅酒，衣晴趕緊用紙巾幫李偉擦著臉，「我怎麼這樣啦……對不起！對不起……」衣晴以為是自己犯了錯。

「沒關係，誰叫我要騙妳！」李偉將衣晴手上的紙巾取過，將襯衫上的酒漬擦著。

「喂！你真把我當朋友啦！」衣晴俏皮地問著李偉。

「為什麼這樣問？」

「因為你會打電話給我啦！而且會想找我吃飯啊！」衣晴替李偉解釋著，「而且我敢斷定你的朋友不多！如果有……也沒有像我這麼年輕的漂亮女生吧！」

「妳怎麼說就怎麼是吧。」李偉替衣晴向服務生要了一杯可樂，「謝謝妳肯賞光出來吃飯。」

「不客氣！」衣晴喝了口可樂打了嗝，笑著對李偉說。

「妳明年要畢業了吧？」

「對啊！為了畢業的作品我到現在還理不出個頭緒來。」衣晴和李偉聊著自己是學電影的，將來一定要拍許多部感人的電影。

「感人？如何才叫感人呢？哭泣或是災難？」李偉提出質疑，但他的質疑正也是衣晴現在創作的關卡。

「我也不知道耶……我想那是一種感動吧，不一定淚水中才有那種感動，也許一種哀傷的微笑也是一種感動吧。」衣晴試探著李偉，她雖然知道李偉曾經是劇場裡的風雲人物，對於創作的感動，李偉怎麼會不知道！但不等李偉自動提起，她想她也不會去追問他的過去……或是問的時候未到吧。

「哀傷的微笑……」李偉似乎對這句話很有感觸。

「徐志摩一定有。」

「徐志摩？」衣晴不明瞭為什麼李偉要提那個多情的男人。

李偉想著唸著：「來，我邀你們到海邊去，聽風濤震撼太空的聲調；來，我邀你們到山中去，聽一柄利釜砍伐老樹的清音；來，我邀你們到密室裡去，聽殘廢的，寂寞的靈魂呻吟；來，我邀你們到雲霄外，聽古怪的大鳥孤獨的悲鳴……」

「那是徐志摩的《灰色人生》裡所描寫的文章。」衣晴這麼說，李偉的話停了下來，「證明你也認同我說的。」衣晴大膽地判定，李偉轉開了話題。

「為什麼想搞創作？」李偉又丟了個問題給衣晴。

「沒有理由啊，就是喜歡啊。」衣晴喝了口湯應著李偉。

「所有的創作都是假的！」李偉又說著。

「創作是最真不過的東西，怎麼會是假的呢？」衣晴不太服氣李偉的論點。

「也許那是妳現在的想法，也許妳還年輕……也許妳還沒經歷過……」

「經歷過什麼？」

李偉不再說下去，這讓衣晴更感興趣想要探究。

「對不起，我有點激動，不應該跟妳說這些的……」

李偉到櫃檯去跟以楓拿了根菸到店外抽著，衣晴轉過頭去望著站在楓葉石板上的李偉。

「我還以為他不抽煙呢……」衣晴看著李偉進來，又轉回身去吃著火鍋。

「妳有沒有特別喜歡的電影導演啊？」李偉覺得自己剛剛的表現有點尷尬，他藉由

新的話題來引起衣晴的興趣。

「這個嘛……我喜歡張藝謀！」

果然，這是奏效的，衣晴開始談著她對張藝謀的看法和張藝謀所拍的電影，李偉只在那裡當聽眾，讓衣晴編織著她未來的夢想，至少這個女孩還有夢想。

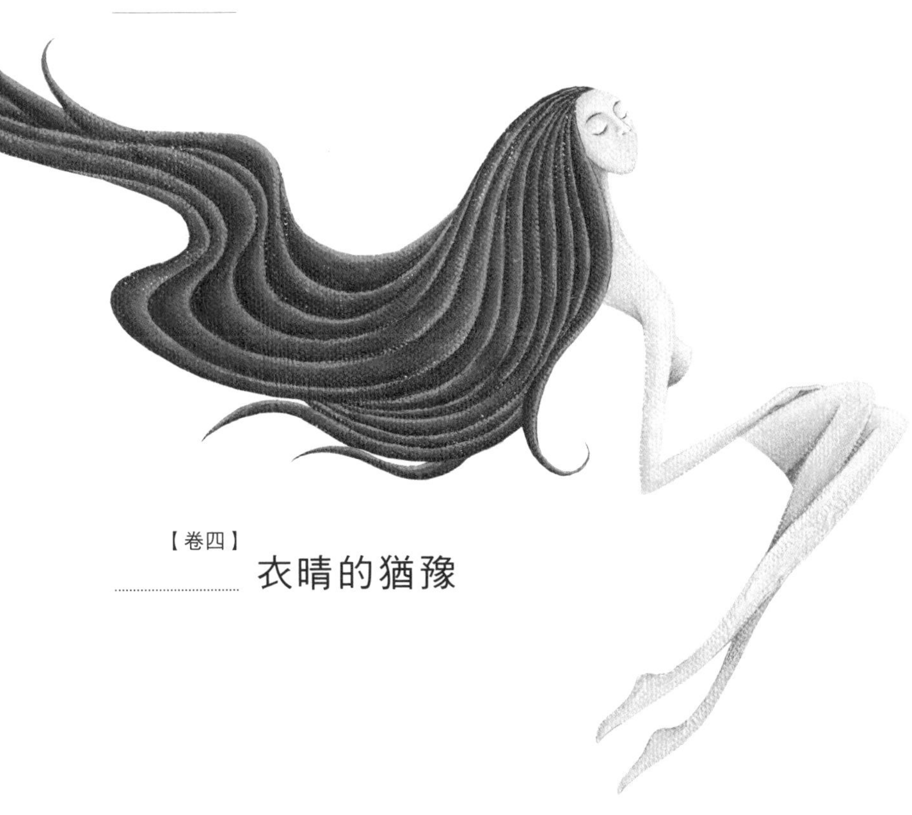

【卷四】

衣晴的猶豫

人類可以創造出美麗的愛情，
愛情卻可以毀滅人類——

衣晴離開介川以楓的餐廳已經是晚上十點了，李偉開車將她送到了宇彬的公寓。在信義區的高檔地價大樓所分下的小小角落版圖，是宇彬花下近兩千萬所購得的房子。王宇彬是Sandy的哥哥，在台北一家電腦公司上班，兄妹倆都很聰明，但性格和想法差異很多。

「宇彬會不會已經回來啦……」衣晴邊掏鑰匙邊想著，開了門進了屋子衣晴才發現宇彬又買了一幅畫掛在客廳的牆上，這幅畫跟房間裡的畫作風格類似，再看看簽名的筆跡也只有一個『音』字，的確是同一個人的作品。當衣晴在看著畫想著的時候，宇彬從後頭走來，一看見衣晴就把她給抱住了。

「等妳好久了！怎麼現在才來？」宇彬親吻了衣晴的臉頰問著。

「出門的時候那個跟我買鞋子的人打電話給我，說要找我吃飯，所以就去啦。」衣晴牽著宇彬坐到沙發上說。

「……跟妳搶鞋子的那個人？」宇彬問。

「是啊。」衣晴點著頭。

「怎麼跟一個認識不久的人吃飯呢？不好吧。」宇彬看著衣晴，不滿意她剛剛所說的行為。

「沒關係啦，他不是壞人！」衣晴不刻意地解釋幾句後又看著那幅畫，「宇彬啊，你又買畫啦？」

「嗯，我喜歡這位畫家的畫，這幅畫叫『行』，線條簡單，意義深沉。」宇彬盯著畫回答衣晴，他欣賞那幅畫的神情很陶醉。

「我看不出來這幅畫有多深沉，只不過用紅色、黑色攪和成一團取個好聽的名字賣人而已，有什麼不得了的啊，你花多少錢買的啊？」衣晴微將頭抬起問著宇彬。

「沒多少錢啦，三萬塊而已。」宇彬很自然地說著。

「三萬塊！我的老天啊，這幅畫要三萬塊，搶劫啊！」對小康家庭的衣晴而言，拿出三萬塊去買一幅畫簡直是不可思議，她顯得很驚訝地問著宇彬。

宇彬看見她那誇張的表情，不禁失笑地說：「這是個人價值觀的問題嘛！在我看來，兩萬塊一雙高跟鞋也不便宜啊，為什麼妳捨得花那個錢呢？」宇彬問衣晴。

「雖然是價值觀的問題，可是你別忘了還有實用性的問題！我的鞋子可以穿，很實用，可是你那幅畫能做什麼？」衣晴認真地問著宇彬。

「虧妳還是搞創作的，它這可是藝術啊！妳跟那位畫家都應該算是同一種人不是嗎？怎麼會問這樣的問題？」宇彬問。

「畫畫的人一定是個女的對不對？」衣晴看宇彬怎麼回答。

「她的確是個女的，畫家和性別有什麼關係？」宇彬有點受不了衣晴的問題。

「是沒關係，不過你常常往她那裡跑就有關係，我心裡會不舒服……」衣晴像鬧脾氣的孩子，對宇彬撇了一眼說著。

宇彬這時看見衣晴的表情才知道，原來衣晴是因為這個原因而挑起這些問題來詢問他的。

「妳在吃醋啊！」宇彬摟住衣晴問。

「你美咧，我吃你什麼醋啊！」衣晴否認地說著，故意推開宇彬。

「好啦，我以後少去她的畫廊就好了……對了，我們公司幾個朋友約好了這個週末要去溪頭走走，妳一起去吧。」宇彬從冰箱裡拿了罐啤酒喝著說。

「不要，和你們那些同事在一起一點意思都沒有，你自己去吧，我還要準備拍攝的資料呢！」衣晴說完打了個哈欠，將包包裡的筆記本拿出來。

「好，出去玩的事情不勉強……不過我們的事情妳應該要考慮了吧？」宇彬從玻璃桌旁的小抽屜裡拿出一本婚紗攝影集給衣晴，衣晴拿了有點黯然……

「我們能不能再緩一緩？」她跟宇彬提出請求。

宇彬看著衣晴無奈地笑著說：「我們還要等多久？在一起三年多了，我現在有房子、有事業……可以給妳安穩的生活，妳還在考慮什麼？」

「我還沒有結婚的準備嘛……」衣晴說。

「什麼時候才準備好？妳每一次都有理由……」宇彬聲調拉高問著衣晴。

「我還有很多事情還沒做嘛，更何況結婚這種事情也是急不得的啊……」衣晴知道宇彬很不高興，但自己又沒有確切的理由可以當藉口，最好的方式就是誠實地告訴宇彬自己還沒有結婚的準備。

「好吧，等妳準備好了妳再告訴我，我有點累，先去睡了……」宇彬將最後一口啤酒喝完就走進了房間。

衣晴看著宇彬失望的背影，覺得很愧疚，自己卻也搞不清楚為什麼還不想嫁給宇彬，才貌雙全又有經濟基礎，這樣的科技新貴是多少人所嚮往的結婚對象啊，衣晴試著給自己洗腦，看看能不能分辨原因。

衣晴躺在床上兩個小時了還是無法入睡，她想的不是宇彬和她之間的問題，卻是和她才見過幾次面的李偉，看著熟睡的宇彬她眉頭皺得緊，最近的壓力也真夠大的，要再耗下去還真有可能不用拿畢業證書了。衣晴很想說服李偉跟她講故事，如果能夠知道李偉在成名的一夕間走下舞台的原因，那就可以知道他是不是可以成為她腳本裡的主角了。

睡不著之下，衣晴下了床將包包裡的節目單再拿出來翻閱著，她怕吵著了宇彬，腳步輕聲地走出了臥房，獨自到書房裡看著李偉的過去。

『冰封的孤鳥』的內容是敘述一段人間不可能的情愛故事，美麗的天堂鳥羽翅亮麗迷人，他具有上帝給他的奇妙神力，掌管所有的鳥類，成為鳥類之王。但是他卻在一次偶然的機會下愛上了一位人類少女，他向上帝提出請求，如果他能夠脫去美麗的外衣成為平凡的人類，他願失去永恆的生命。上帝答應了他的請求，讓他在冰雪溶化之日，重新換做人類的新生命，只不過劇烈的天搖地動，造成了嚴重的雪崩，而他戀上的少女竟死於此次的災難中，成了新生的天堂鳥，飛向天界。從天堂鳥成了人類的男孩已然是絕望的，卻在三年後，發現他熟悉的面孔出現在他的眼前，那成為天堂鳥的少女也愛上了一位人間的男孩，用自己的永恆生命換取人間的愛情——

這是李偉所編寫的故事，他用創造愛情的論點來反對宿命論，是一齣相當成功的舞台劇，當年衣晴也深深為這個故事著迷，如今卻是因為一雙高跟鞋而結識李偉，真是有趣的一種緣分。

第二天早上，在宇彬還未起床時，衣晴就先出了門，起床後的宇彬只看到了衣晴為他準備的早餐和一張寫著「我愛你」的字條，他像是習以為常般地笑了笑，隨手便把字條給丟了。

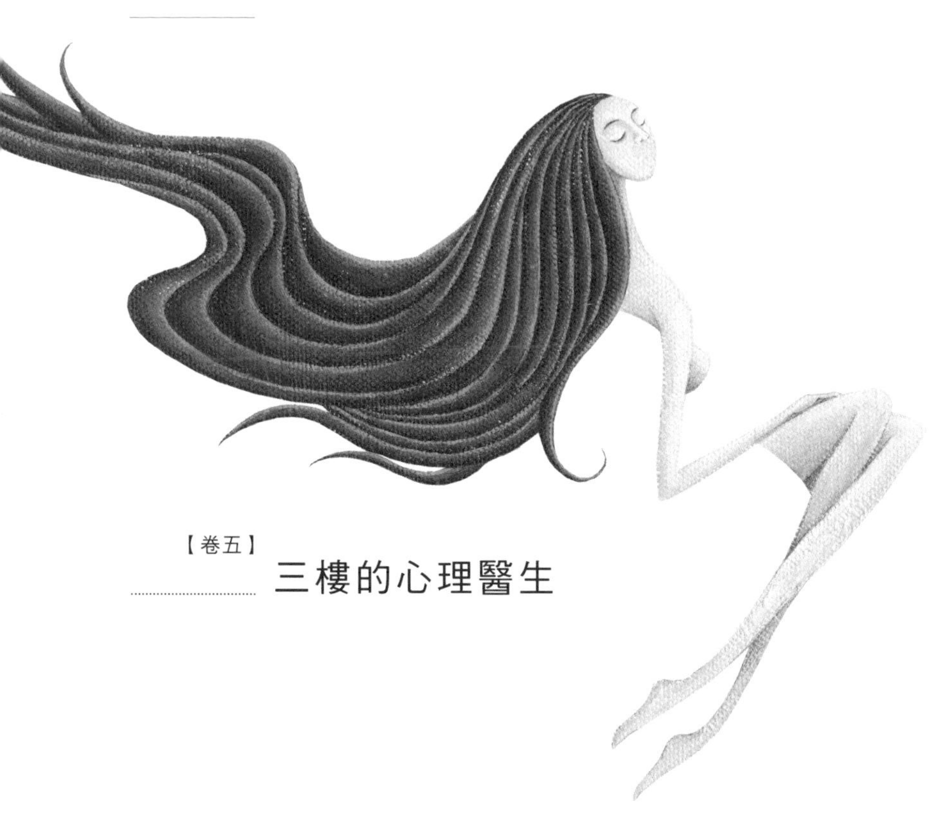

【卷五】

三樓的心理醫生

男人被她的美麗所吸引，
白裡透紅的皮膚，微捲的黑色長髮，
令人憐愛的眼神，和那溫柔的氣質，
男人受得住此等誘惑嗎？

衣晴回到自己的租屋處，按了半天的電梯始終沒有動靜，大樓的管理員走過來告訴衣晴電梯壞了。

「什麼時候壞的啊？我昨天出門的時候還好好的嘛。」衣晴問著管理員。

「今天早上才出問題的，下午有人會過來修。」管理員回答著。

遇到了這種狀況，衣晴也只好爬樓梯了。

衣晴住在五樓，搬來這棟大樓一年多也從來沒有爬過樓梯，更不知道這裡總共有多少位住戶或是住了什麼人？這是現今社會的居住現象，沒什麼需要特別打招呼的鄰居，或是需要串門子的舉動。在走到三樓的地方，衣晴腳步沒有踏實，差一點往下倒，剛好被一個走在她後面的鄰居給扶住了，守望相助的功能還是有用到的時候。

「謝謝……」衣晴回頭跟對方道謝。

「不客氣。」簡昕對衣晴微笑著。

衣晴被她的美麗所吸引住，她好久沒看過這麼美的女人，白裡透紅的皮膚，微捲的黑色長髮，令人憐愛的眼神，和那溫柔的氣質，五官長得相當精緻迷人，好似電影裡的仙女，一舉一動糾纏著你的心，就算是女人也會心動。

「妳是住在五樓的楊小姐對不對？」

衣晴愣了一下。

「妳怎麼知道我住五樓……還知道我姓楊……？」衣晴問著。

「喔，之前有看過管理員替妳收過信件，也聽過妳的室友叫妳的名字。」簡昕對衣晴笑著說。

「原來妳看過我……那我怎麼對妳沒印象呢？」

「我看這棟大樓裡，大家應該彼此都不認識吧，要對我有印象也是要靠相遇的機會吧！」

簡昕說得神，衣晴也聽不懂，呆呆地望著眼前這個美麗的女人說話。

「對了，我叫簡昕，住在這個樓層，很高興認識妳！」簡昕向衣晴伸出了手，衣晴也熱情回應，兩人因此而握手結識。

累得氣喘喘，好不容易才走到五樓，衣晴進門看見Sandy才剛起床，很直接地唸了她兩句，「懶豬，睡到現在才起床啊妳！」衣晴放下包包走去替Sandy泡著牛奶。

「我才睡三個小時耶……昨天和網友聊天聊太晚了，而且我們準備要發動一些活動來對付那群王八蛋！」Sandy打著哈欠叨唸著。

「你們要對付誰啊？……該不會是政府吧？」

「答對了，我未來的小姑真聰明！」衣晴擔心地看著Sandy。

「妳是不是哪跟筋燒壞掉啊？政府又沒有做什麼對不起你們的事情，妳跟妳那群激動份子該去看看心理醫生才對！小心吃上官司！」

衣晴對Sandy的所作所為實在不敢恭維，她記得美國發生911事件的時候，Sandy還組了一個五十人的哀悼團體去跟亡靈致敬呢！有時候她在想Sandy是不是腦子有問題？往往智商高的人行為舉止都會怪怪的，Sandy就是一個最好的案例。

「說到心理醫師，三樓就住了一位，妳知不知道啊？是個女醫師呢！聽說人長得特別漂亮……」

聽Sandy這麼一說，衣晴就想到剛剛的那位小姐，「她的名字是不是叫簡昕啊！」

「妳怎麼知道？妳看過啊？」Sandy問。

「剛剛爬樓梯的時候遇到的。」衣晴回答著Sandy的問題。

「原來是這樣啊……妳今天怎麼會這麼勤勞爬樓梯啊？」

「電梯壞啦，所以才爬樓梯的嘛……喂，妳怎麼會知道三樓住了一個心理醫師啊？」衣晴問著Sandy。

「管理員拿掛號信給我的時候說的啊！……我看是管理員喜歡上人家了，按奈不住內心的情緒，所以才跟我們分享的嘛！」Sandy喝著牛奶笑著說。

「應該是吧……不過我覺得好奇怪喔，她好像對我們很了解耶！」衣晴莫名地歪著頭想著。

「怎麼可能！我們跟她有沒照過面，她怎麼會了解我們啊！想太多了吧妳！」Sandy不相信地對衣晴說著。

「好吧……也許是我想太多了吧！不過，我想跟妳聊一件事……有關妳哥的事情。」

「妳說啊！是不是我哥又跟妳提結婚的事啊？」Sandy問。

「對啦……我只是覺得大家都還很年輕，也不急著結婚啊……所以我是考慮再晚個兩、三年再說……」衣晴把內心的想法告訴了Sandy。

「其實，看妳自己的決定吧，我哥他是很想安定下來，如果要是過幾年才結婚，我想你們一定結不成！」Sandy很篤定地看著衣晴。

「妳怎麼這樣說啊！妳哥才不會離開我呢，我很相信他的。」

「喂！……搞不好是妳不要我哥吧！雖然王宇彬是個條件好的單身貴族，可是我們的楊衣晴小姐也是個有價值的美麗小女人呢！」Sandy開著衣晴的玩笑。

「好了啦，不跟妳說了，我等一下還要出去呢！」衣晴對Sandy擺了鬼臉進了房。

「對不起……我遲到了……」衣晴在飯店的餐廳裏對李偉說著。

「沒關係，女人讓男人等是應該的。」李偉看起來並不介意。

「是我約了你還遲到……這是很不好的行為呢。」

「妳請我吃飯就行了，當作對我等待的補償好了！」李偉笑著。

「沒問題，我以後還有事要拜託你呢！」衣晴試探性的看著李偉。

「拜託我？我有什麼可以幫得上忙的地方嗎？」李偉問。

「當然有……不過說了你不可以生氣喔……」

「生氣？……現在應該沒有什麼事情會讓我生氣吧……妳儘管說。」李偉喝著水杯的水，表現自然。

「我知道你是誰……」

李偉放下水杯等著衣晴繼續說下去。

「你是劇場演員，當年頂紅的劇場人物！冰封孤鳥的編導！」衣晴一口氣把話說完。

李偉沒什麼反應，嘴角揚起一點點的笑容，「所以呢？」他淡淡地問著衣晴。

「如果可以的話，我想要你的故事……我想拍你的故事！」衣晴很怕李偉拒絕她，

心跳得很快。

「我的故事並不精采，沒什麼值得拍的……」李偉對衣晴說著。

「我並不是要拍什麼多精采的故事……我只是要拍有感覺的事物……」

「也就是說妳對我有感覺？」

看著李偉的眼神，無法回答李偉的問題，也許在衣晴的內心，真的是對他有感覺的，是一種神秘感所包裝所成就的感覺。她想著不管李偉怎麼看她，她應該要堅持才好，就像李偉堅持要那雙高跟鞋一樣。

「對！我對你有感覺，所以，如果可以的話……請你答應！」衣晴看著李偉。

「好，我答應妳，你要從什麼地方開始做了解，我配合妳！」李偉很爽快地答應了衣晴，讓衣晴有些意外。

「真的？……你真的願意讓我拍你的故事？」衣晴問。

「別再問了，也許我會後悔喔！」李偉笑著說。

「好！我不問了，你想要吃什麼，我請客！」衣晴開心地要李偉點菜。

李偉只覺得衣晴還是個小女生，感覺得出來有點任性，也很單純，如果可以，他也願意把自己的故事告訴她。

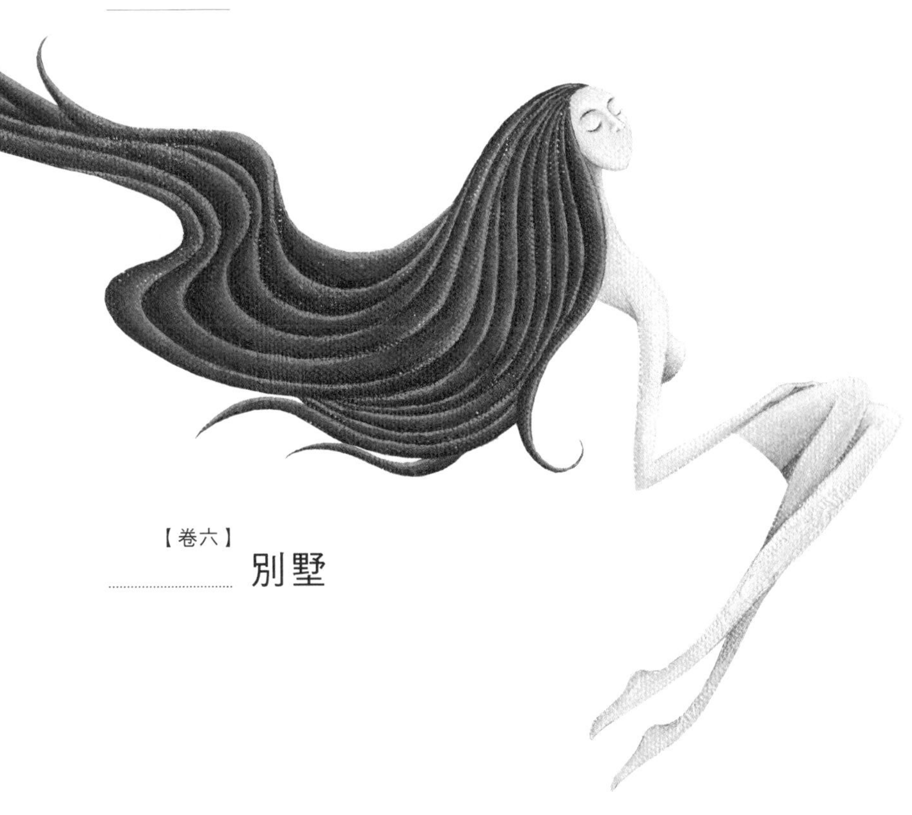

【卷六】

別墅

愛情，是一種知識的追求，更是求知的動力……
不過，那是永無止境的，也停不了的精神折磨，
……哼……人類總是不停地在折磨自己——

李偉帶著衣晴來到內湖住處，這是一處別墅住宅區，斜對面是一座公園，是散步、蹓狗、閒聊的好地方，周圍樹木上的葉子雖然稀疏，但是還有行光合作用的效用，小小的噴水池吸引不了大人的興趣，卻讓孩子們玩得不亦樂乎。

有錢人真奇怪，總是沒有時間照顧孩子，讓菲傭說著不標準的國語和不標準的英文跟孩子們溝通，有時的雞同鴨講還會讓菲傭笑得很開心。與一般的外勞比，他們算是幸運得多，不用打卡上下班，不用盯著工廠的機器運轉，也不用聞廢氣搬重物，伺候著主人家的孩子就行了。

衣晴見李偉住在還算寧靜的地方，心想李偉是個會享受的人，不會像宇彬一樣挑個複雜交通擁擠又自以為繁榮的金融表徵之地，光是塞車就花了許多不值得浪費的時間。李偉用遙控器開啟車庫的鐵門，車子緩緩開入車庫裡，「我們到了，下車吧。」李偉將車子熄了火。

「哇，你原來住得這麼好啊！羨慕、羨慕啊！」衣晴邊下車邊說著。

「有什麼好羨慕的，不過就是一間房子罷了。」

「先生，這是別墅耶！像你這麼有錢，當然不覺得什麼……像我這種經濟水平的人還買不起普通的房子咧，更何況是別墅……」衣晴跟著李偉從地下室走上樓說著，眼睛溜溜地看著。

「這是房價低靡的時候買的，又是認識的朋友轉給我的，所以比其他幾棟便宜了一百多萬，算是賺到了。」李偉帶衣晴到了客廳，客廳簡直空無一物，除了弔燈就是一張踩在地上的波斯地毯。

「哇，你的客廳好空蕩喔，……你的電視放哪裡啊？」

「我家沒有電視，也沒電腦，家用電話我也沒申請。」李偉笑著說。

「你幹嘛讓自己變成原始人啊！……沒電視多無趣啊，怎麼打發時間啊？」衣晴觀察著李偉的房子。

「妳要知道我怎麼打發時間嗎？」李偉走至斜角落，用手比了比要衣晴注意他。

衣晴看著李偉用手輕輕推開一扇藍色的木門，直對木門的室內窗口，射進了光線引領著衣晴的目光，衣晴慢慢地走進了李偉的祕室。她的眼睛所看到的是滿滿的滿滿

的書倚著牆壁上的書櫃擺放著，讓她難以置信……中央的一張木製大書桌放了一盞檯燈，那是唯一可稱得上裝飾的裝飾，李偉扳著壁上燈光的按鈕，天花板上的日光燈順序亮起，一下子的時間，整個空間明亮清晰，沒有灰塵也沒有蜘蛛網和霉臭味，乾乾淨淨，除濕機24小時運轉著。

「這就是我打發時間的地方以及所做的事……」李偉雙手插著口袋對衣晴說。

「你這麼愛看書啊……這麼多書怎麼看得完啊，要是我可能一輩子都看不完吧……」衣晴走至書桌，看見書桌上面擺放了一本《浮士德》。

「哥德的《浮士德》，最近又拿起來看……」

「這本書是直接由德文翻譯過來的嗎？」衣晴拿起浮士德問李偉。

「翻譯的人也有參考英文譯本，對於現在人熟悉的語言文字來講，翻譯的還算很好閱讀了，畢竟這是十九世紀的文學，譯成其他國度的文字還是有它的困難度……」李偉回答著衣晴。

「喔，這樣啊。」衣晴點點頭。

「對了，衣晴……」李偉直接喊著衣晴，卻又覺得有點不自在，「不好意思……我可以直接叫妳名字嗎？」

「那當然囉！我還不是直接叫你李偉，反正以後我們是朋友嘛，別太客套了！」衣晴笑著。

「好吧！我剛剛是想問妳有沒有看過這本書？」李偉問。

「是有看過，大概在大一的時候吧，只是那時沒有很用心在看，所以有些意思並不是很懂……」

「那你對於一個追求知識卻又乏於知識的人有什麼看法？」

「哪有什麼看法呢？人不都是這樣嗎？……就舉一個很通俗的事件來講好了，我覺得這世界上最窮的人就是不斷在追求富貴的人！我講的並不是單指金錢上的富有追求，也包括愛情。……到最後以為飽足了知識，卻又乏於知識！」衣晴微笑著，她將外套脫下，坐到書桌旁的椅子上分析著。

「妳說得很好，包括愛情，也是一種知識的追求，更是求知的動力……不過，那是

永無止境的，也停不了的精神折磨……哼……人類總是不停地在折磨自己……」李偉坐上書桌去，慢慢地將身子往後，躺在書桌上看著天花板，他眼裡的愁緒又傾洩而出。

「妳可以開始打開妳的筆記本，我要告訴妳關於我跟梅菲斯特打交道的故事……」衣晴趕緊將包包裡的筆記本和原字筆拿出來，「等我……我筆蓋還沒打開！」衣晴迅速地準備著。

「妳慢慢來，但千萬要有心理準備，也許我就是梅菲斯特呢！」李偉轉過頭去對衣晴笑著。

「放心吧！雖然我不是浮士德博士，但我可以成為哥德，一個執筆的人。」衣晴嘻嘻笑。

「那是在三年前的事吧……我正在寫『冰封的孤鳥』的劇本，也是我創作的最高峰，每天每小時都有想不完的故事……那時劇本已經完成了三分之二，還找不到故事的結局……不過我知道自己的能力在哪裡，只要想通了故事以何種結局落幕，我想我可以在三天之內寫作完稿，因此劇團的人也不摧我，我還記得那時他們正在排練席德的戲劇呢。」

衣晴很專心地聽著李偉講述故事，「其實我真相信我們周遭有一股力量，一股使你沉淪的力量……不，不應該用『沉淪』的字眼……」李偉坐了起來搖搖頭，覺得自己用詞不當，他的右手輕輕撥開前額的髮絲，神情看起來不是很安定。

「應該怎麼說呢？……就是當你看見一樣很美的東西，會不斷地誘使你去接近它時，它就掌握了控制你的力量，而不是你自以為是的擁有它，……」李偉握著拳頭，心跳加速，眼睛看著前面。

「我現在還能聽見她的聲音……她的影像就浮現在我的眼前……」李偉慢慢地把自己帶進回憶的空間，「她的笑聲、她轉圈的樣子……她是個很愛笑的女人，舞跳得很好，當她跳舞旋轉的時候，裙擺飄起的時候……我看見她擁有一雙修長的美腿……那雙腿真的好美、好美，尤其當她穿上了高跟鞋的時候……我竟不由自主地被她給迷住了！

她的眼神、她的全身……深深地迷惑了我……每次只要聽到高跟鞋走近的聲音，我就會以為是她……」李偉的眼皮落了半截，視線是朝地上的，看起來很憂鬱。

衣晴能夠感覺到他很哀傷，「那個穿高跟鞋的女人是你的女朋友？」衣晴出聲問了李偉。

李偉不作聲，輕輕嘆了一口氣，「我總覺得自己被下了咒詛，是一個被上帝給遺棄的僕人……」李偉將手上的手錶拿下放在桌上，衣晴的面前，「她的名字叫晨曦，尹晨曦……」

李偉將衣晴手上的筆記本和筆拿過來，寫上了『尹晨曦』三個字，寫好了就將本子跟筆還給衣晴。

「尹晨曦……」衣晴看著上面的名字唸著。

「錦修是我團裡的藝術總監，有一天晚上他跑來找我去喝酒，我們兩個就開車到了一家常去的Pub喝酒……」

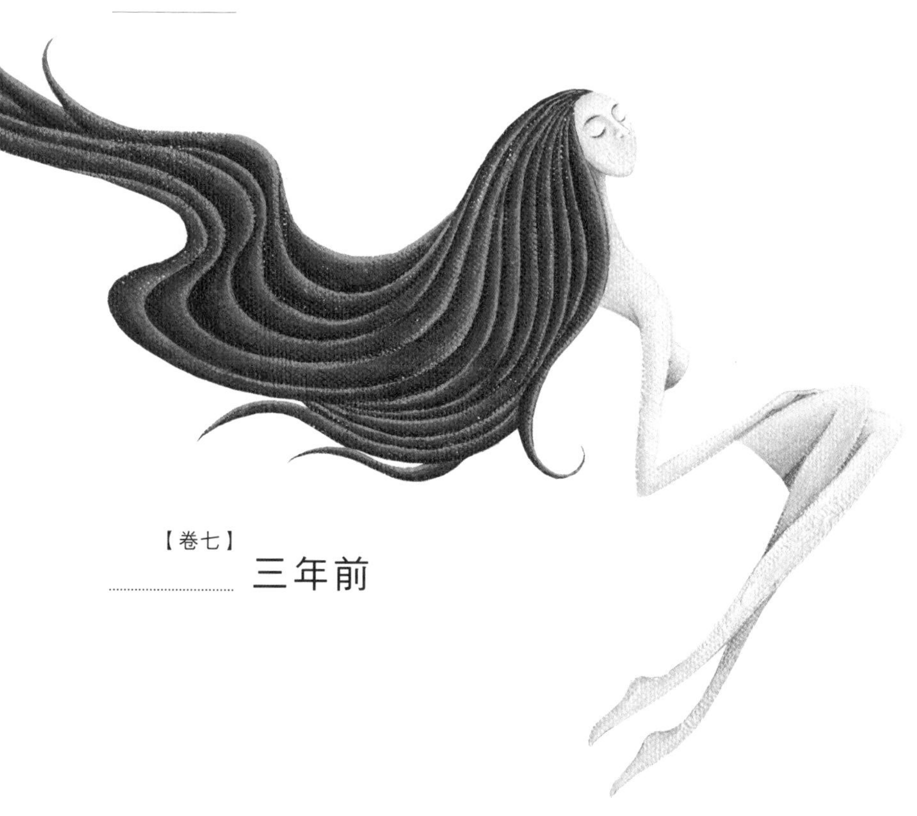

【卷七】

三年前

看見一樣很美的東西，會不斷地誘使你去接近它時，
它就掌握了控制你的力量，
而不是你自以為是的擁有它——

我以為自己是個把持力很強的男人，不管多美的女人放在我眼前，若沒有內在的質感，我是不會心動的。儘管周邊的男性朋友，女人一個接著一個換，而我還是選擇自己一個人過比較快活，因為書中的知識讓我在精神上非常滿足，所以我很自信，但不驕傲。……嗯，驕傲也許有一點，有時自信過了頭就是『驕傲』吧！再加上自己在劇場圈子裡也小有一點名氣，所以胸膛就會無意挺起，走路時從不看與你行肩而過的人。

深夜十一點多，一個男人在自己的家中能做什麼？對我而言想新故事寫作是一件很有趣的事。而錦修的皮夾克配上他那超屌的模樣，站在門口朝我亮相，絕對是想去夜店把妹妹，一個人又沒膽。只好把我拖下水，只可惜他的外表和我有點差距，眾人都會錯當他是零號，可他卻告訴我他只愛女人。

「兄弟，開你車吧！」錦修嚼著口香糖對我說著。

「好，我拿個外套。」

我們開車到了以楓餐廳的後街，那裡有幾間Pub緊挨著做生意，嚴格來講是『搶生意，我們還是習慣到常去的那間D・Pub。

我沒問過英文字母的『D』代表什麼意思，我也不想去了解。

……Mark、Tim，還有喜歡騎重型機車的梁季矣，長得很俊的女人，超緊的皮褲和油亮的短髮是她的商標，這幾個全都是我團裡的人，也是常混在一起的朋友。

當然今晚所有花費開銷一定由我這個團長來負責了，否則錦修怎麼會大老遠從中和跑來內湖找我，這是經過思考的動作，也很明目張膽。

「喝喝喝！！！」梁季矣跟錦修衝上三大杯啤酒，旁邊的我們叫喝著！

要跟酒國女人相比並不容易，錦修到第三杯未灌完就已經受不了跑廁所了，只得到女人哈哈地嘲笑，真是丟盡男人的顏面。

我們猋劇團的團員們感情非常好，大家的生命精力享受在排演劇本的快樂上。

他們常會期待能有新作品讓他們的演技可以發揮，而我的創作就是他們的希望，

連他們平日在打零工的時候都會偷背劇本。要是在金庸的小說裡稱那叫秘笈，是會使你功力大增的寶典，而他們是吸收劇本裡的另一個靈魂，讓劇中人物的靈魂附著在你身上的時候，你擁有的生命就不只是你自己一個個體而已。無意間，我們成了多重人格的人類新物種，就如梵谷的一線之隔。

「阿若！這裡！」Mark衝著大門揮手。

我朝Mark的視線找尋他揮手的對象，便看見Mark的朋友阿若，他牽著女朋友走近我們。

黑色長髮細緻柔軟，兩頰的酒窩被嘴角的微笑帶起，整齊潔白的牙齒像珍珠般明亮，一雙媚眼插上濃厚的睫毛……怎麼會有這麼美的一雙長腿……黑色的高跟鞋和上那雙長腿更顯得美麗，這個女人比任何女星都還漂亮。

「嘿，各位！跟你們介紹一下！這是我的朋友阿若，還有他女朋友……阿若，介紹一下吧！」Mark拉椅子給他們插位坐下。

「你們好，我叫阿若，這是我的女朋友尹晨曦！」阿若很得意有這樣一位美女伴隨在身邊。

「嗨！各位，叫我晨曦就好了……有沒有煙啊？」晨曦坐在我對面。

「喔，有……」我從桌上拿了根煙給她，她這個女人毫不做作，只是她抽煙的時候看得出來阿若對她很不滿意，好像生氣她破壞自己美好的形象一樣。我看了就覺得好笑，也拿起一根煙來抽，還故意遞給阿若。

「對不起…我不抽煙……」

難怪，以我敏感的直覺，他們剛剛一定是吵過架的，否則尹晨曦應該不會那麼不給他面子吧。

「阿若，這是我們的團長李偉，也是我們明年度大戲的男主角喔！」Mark向阿若介紹著。

「你好，你們劇團的戲碼都選的很好，演員的演技也很棒……」阿若對我說著。

「謝謝，以後如果肯賞光，我們有貴賓票可以請你來欣賞我們的演出。」我很禮貌地說著。

「沒問題。」阿若笑著。

「我看報紙最近有訪問你們的劇團，聽說你們明年要推出的戲碼是自己編寫的？」晨曦抽著煙問。

我有點驚訝她有在注意我們團裏的事情，「是啊，劇名叫『冰封的孤鳥』……不過這劇名只是暫定……」我對晨曦這麼解說。

「劇名很好，就用這個劇名吧，別改了！一聽就會想買票去看！」晨曦微笑的樣子很美，她的建議我一定是會考慮的。

「對了，如果你們劇團有徵選女演員的話，我可不可以去試鏡啊？」晨曦問我。

「這齣冰封的孤鳥會用徵選的方式，也很歡迎妳過來考試喔！」我對著晨曦邀請著。

「我們團長說我的個性太陽剛，不讓我擔任女主角，我是不是一點女人味都沒有啊？」梁季奍笑著問晨曦。

「妳這樣很好啊，下次如果有女同性戀的角色，妳肯定是男主角！」晨曦幽默的回答讓大家笑得很開心。

過了四十分鐘後，我們才開始聊開，原來晨曦很喜歡舞台劇，她自己也希望能夠成為一個舞台劇演員，她也很坦白，很直接表達自己內心的想法，連已婚的Tim在散會後都告訴我，要是沒結婚一定會追晨曦。

這個女人的光芒消滅了我一半的自信，我要在寫作劇本時找回那失去的自信，我想清楚我該有什麼樣的女主角性格了，……晨曦給了我很大的創作泉源，我手中的筆有揮霍不停的靈感，她的笑容和那美麗的雙腿一直在我的腦海間，不散。

我花了足足三天的時間，完全無法入睡地一股氣將『冰封的孤鳥』劇本完成。

無法入睡的原因是我太興奮，太得意……

我的頸子很酸，臉上都是鬍渣，頭髮也是髒亂的，這就是我創作時的衝動，沒來

由的……

我兩手掌支撐著身體壓著桌子從椅子上站起來……慢慢地移動著，吐了一口氣……嗯，我的手都是筆墨的痕跡，紙張頁頁堆滿了形容詞、名詞、行行句句……

紙張右邊尖端處張張微捲，我想是我的手肘壓到所致，俐落通暢的文字揮灑行間，我真佩服我自己，開始想像立體的事物，拉索的羽毛在掉落的瞬間幻化七彩的光芒，十二顆星環繞上空，天體運轉是創造愛情的偉大力量，浩浩蕩蕩——

三十二頁，我找不到三十二頁……

周邊的泡麵空碗、麵包紙袋和咖啡空罐現在放得很礙眼，錯寫的紙張很不柔和地隨處飄落，好幾支不好用的鋼筆也莫名其妙地亂在一起。

我趴在地上一張張拉開廢掉的紙張，找著我劇本的三十二頁，「原來你在這裡……」我找著了三十二頁，在桌角旁邊緊靠著罐頭食品。

將未開的罐頭食品移走，輕輕地拿起了我的三十二頁，這一頁有多重要啊，多珍貴啊！

這是天堂鳥拉索跟上帝談條件的那一頁……我抱著劇本躺在地上，拉索的生命終於在我的筆下誕生了……

什麼時候睡著的我也不知道，這樣的感覺很好……

完成了我的故事，完成了構思已久的故事……

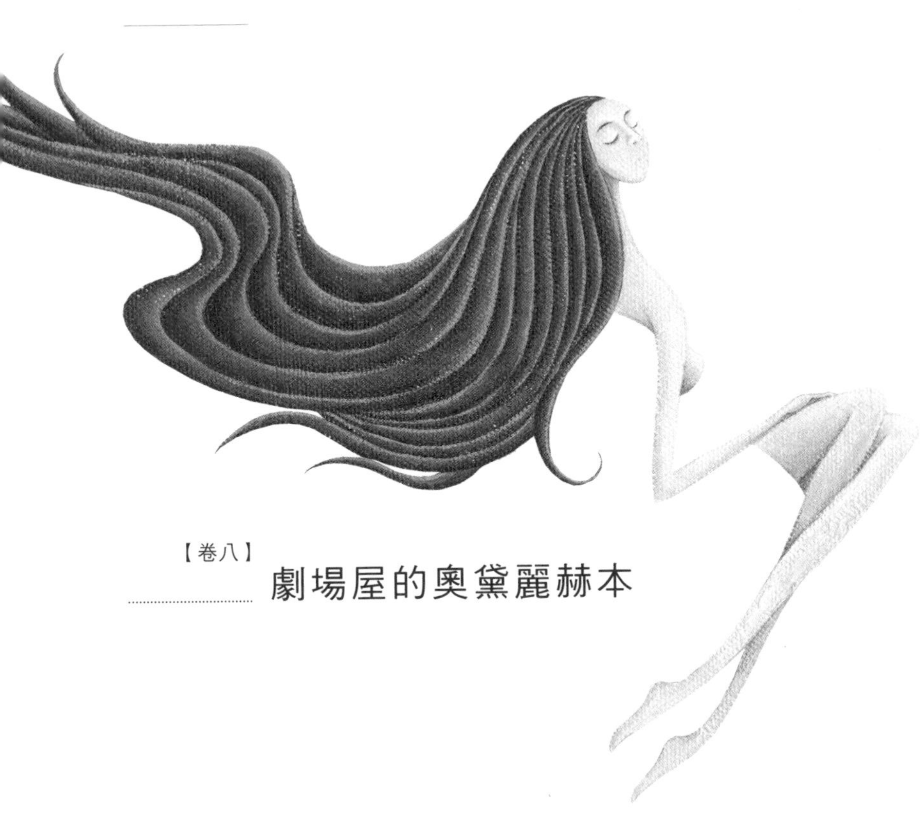

【卷八】

劇場屋的奧黛麗赫本

輕飄稍過點膝的絲質布料，
讓她柔細的長腿肌膚有稱炫的舞台，
她的背倚著樹幹吐煙霧，有奧黛麗赫本的影子，
高跟鞋的鞋跟踏在地板上的響拍很有力，
一步接著一步……嘎嘎嘎……

我睡了十幾個小時，醒來後第一件事就是到我們劇團的排練場地去，那個地方是我跟我老頭要來的。

我老頭是個沒品的傢伙，只會到處播種，唯一可以在他身上攢點好處，就是將他用不完的金錢拿來做自己興趣的揮霍。我把這個別墅給改了，這別墅成了改良的劇場屋，挺好的，石頭搭起的圍牆，留了前門的洞口讓人好出入。對了，我們刻了好大的一個木頭牌子，上面寫了好大的字，掛在石頭洞口的正上方，『焱的劇場屋』。

那個『焱』字好像火鳥般金赤顯眼，我一直很喜歡這樣的圖形，有擴張延伸的感覺，永不止息。

我看見庭院已經來了三部車子，錦修出國了所以他不在，Tim的藍色，Mark的黑色，梁季矣的重型機車，可是那部銀色的車子我一點印象都沒有，是誰買了新車嗎？

我的白色安插在獨有的位置上——我老頭的墓旁，我想這是他連死後都沒料到的事，他的大兒子竟如此的狂妄不孝，這種對立感連野貓都看得出來我們破裂的父子情。

一推開設計過的木門，一陣掌聲響躍著，Mark的口哨聲最刺耳。

「喔！恭喜團長完成劇團偉大的任務！」Mark叫得很大聲。

「好啦各位！謝謝你們的掌聲，因為有你們給我力量才讓我順利寫完啊！」

「親愛的團長，你別虧我們啦，趕快給我們看劇本吧！」梁季矣笑著說。

「劇本在哪裡？」晨曦從廁所急忙地跑出來看著我，我想那部銀色的車子應該就是她的吧。

尹晨曦腳上穿了一雙紅色的高跟鞋，是亮面的……我對女人的東西一向不是很了解，所以那是人工皮或是獸皮所製的我也不清楚。

「劇本呢？」尹晨曦又再問了一遍，今天她比四天前還要靠近我。

「喔……在這裡……」我將包包裡的牛皮袋拿出，將一整齣戲的本子交到非團員的手上，奇怪的是大家一點都不驚訝。

我看見晨曦那友善的酒窩，眼神的剔透像是看見鑽石那般地動人，我將自己的劇

本比喻成鑽石那樣高貴的等級一點也不為過，甚至更甚於。

我很注意大家像跟著漩渦的方向圍繞著她的腳步，有探戈的節奏……他們跟著她坐到地板上，開始從我第一頁，第一個字看起。

大概經過一個多小時吧我想，那是預估的時間。很多時候，尤其我們沒看錶的時候總是會用生理上的感覺去推斷，例如會說，差不多十五分鐘左右……。尤其對沒有戴手錶的我而言，常常用這種計算習慣來推敲時間。

晨曦已經將最後一頁遞給季矣了，其他人還輪流著看呢。

晨曦站了起來走到屋外的樹下抽著煙，原本躺在沙發上聽音樂的我，也很自然地跟了出去，是想要知道第一個『閱讀觀眾』的反應，或是想要找機會跟她說話才會隨著有節奏的步伐行去？

高跟鞋的鞋跟踏在地板上的響拍很有力，一步接著一步……嘎嘎嘎……

紫色的圍巾在她的肩上很搭配，沒有沉重不悅感。我想她一定很習慣穿著這樣的短裙，輕飄稍過點膝的絲質布料，讓她柔細的長腿肌膚有稱炫的舞台。

她的背倚著樹幹吐煙霧，有奧黛麗赫本的影子。

「怎麼……我的劇本好像使妳不舒服？」我問她。

「是有一點。」她笑了笑。

「為什麼？」我繼續問著，也點了根煙。

「結局不對……」她搖搖頭。

我感到很詫異，「結局不對？我劇本的這個結局足足讓我想了好幾個月……怎麼會不對？」

對於在創作者的面前說著反對立場的話，我聽了不是很喜歡，她最好有恰當的理由解釋，否則我會開始想辦法挑剔她，雖然到現在為止還沒有。

「你看過浮士德嗎？」她撇了一眼看著我問。

「我的劇本跟浮士德有什麼關係？」我大力地吸進一口菸草味，酥麻感很好。

「哥德花了六十年才完成的文學劇作，而你才花了幾個月的時間，這樣比起來不算什麼……」

她實在太傲了，這等於在批評我的本子。

「難道這可以拿在一起做比較嗎？」我問。

「不能，我只是回答你剛剛感到不舒服的問題而已，我說結局不對的時候，你臉上的表情是不以為然的，如果一個人不能接受批評，就算有再好的人格也是假的，有再多的才華那也是空的。因為我不希望你成為這樣的人，所以我選擇不兜圈子直接跟你說，當然……你也可以不用理我的意見，這只是我個人觀看後的感覺罷了……」晨曦說話的樣子很專注。

這個女人真是有趣，竟拿死了快兩百年的人來壓制我。我知道哥德很偉大，也是一個創作慾望強烈的一個人，但我不是他，我總不能花三十年的時間完成冰封的孤鳥吧！

再說我的思緒靈感有衝動發揮的慾望，使得我能很快地寫完這個故事，有何不對……？

「你不會介意吧？」她可能看我不說話，又補充了這一句禮貌性的疑問句問我。

「不會。」我展現了風度，雖然說得有點虛偽，但是我知道她並沒有惡意，也不想成為她剛剛所敘述的那種人，空有才華和假有人格的人。

「那好，如果不介意的話，我們需要私下談談。」她熄了煙，走進銀色跑車，「上來吧！」她邀請著。

「好……」我也將煙踩熄坐上了她的車椅墊。

「安全帶綁好。」她對我笑了一下提醒我，我也乖乖照做。

瞬間，從R到D，時速遞增箭頭轉至85，我想這個數字一定會繼續增加。

這個女人在飆車，技術也不賴，但還嚇不倒我。

「你常去以楓餐廳對不對？」晨曦問我。

「嗯……妳怎麼知道？」我很佩服她。

「我當然知道，我跟Mark這麼熟，有什麼消息他一定會跟我說的！」

「妳跟Mark怎麼認識的？」我問。

「透過介川先生介紹的，Mark在日本跟我哥唸的是同一所大學。」

「妳哥？」我被她的話給誤解了嗎？還是我聽錯了。

「介川以楓，那個半中國血統的日本人，是我同母異父的哥哥。」晨曦告訴我他們的關係。

「我媽當初被日本人給拐了，嫁了過去，後來生下以楓之後才改嫁我爸的，結論是台灣的男人比較疼老婆……這是我媽的結論。」

我終於搞懂了，難怪Mark會介紹我去那家火鍋店消費，原來他們早就認識了。

「不過，我看Mark好像跟妳哥沒什麼話聊的樣子。」因為我實在看不出來兩人的關係像朋友或大學同學。

「我哥是個很少話的人……反而是因為Mark在餐廳遇見我，之後跟我就成了好朋友，而阿若就是他介紹給我認識的。」

「那為什麼你們在Pub的時候看起來那麼不熟？」我頭真被弄痛了。

「我們故意的……這樣才好玩啊！」晨曦大笑著，我敢篤定她一定很愛玩，不是一個很細心的女孩子。

「對了，你右邊的衣角被香菸燙了一個洞，你應該不知道吧？」晨曦的笑容有點像是調侃。

可我注意了右邊的衣角，果然是有一個香菸燒透的一個痕跡，我怎麼會沒有注意到呢？「妳會讀心術啊？我剛剛還在想妳不應該會是一個細心的女孩子，沒想到連我衣角都注意到了，我真該重新評估妳！」我輕笑著。

「我知道你怎麼想我，就像你所說的，我會讀心術。」

「真的假的？」我懷疑但又半信半疑。

她沒有回答我，終止了這個話題，有意的我偷瞧了一眼她踩油門的右腳——

她帶我到一座山上的露天咖啡園，隨便點了兩杯咖啡就坐下。真的很隨便，連問都不問我要喝什麼。

「你的故事寫得很精采，我不否認，文筆很好，對白也不廢話，我很喜歡，只是結

局不對。」

「謝謝妳的好話，不過我比較不那麼在意妳對我的讚美，因為我知道自己的優點在哪裡，我比較想知道的是妳所說的結局問題。」我對她說。

「你很驕傲耶！」她笑著，也知道我對她開玩笑。

「拉索從上帝那裡得到人類的生命，卻失去了搭娜絲，你認為這是宿命的觀點，那是從你們男人的角度去揣摩的過程。」她搖搖頭。

「是又怎樣？我是個男人，會從男人的論點去揣摩那也是情有可原啊，再說，宿命論這種東西，我認為就是一種循環，它是無法掙脫的咒詛。」我說完了之後她哈哈大笑，隔壁桌的人都注意到這位開朗的美女了，看得出來那兩個男人很欣賞她的笑容。

「這就是好玩的地方，男人跟女人不同的地方。我問你……你故事有這樣的安排是要表現痛苦嗎？」

「當然不是，這比痛苦還要更深，其實雖然有宿命的論點包裝在這個故事裡，但是自由的掙脫是我想要表現的主題，『自由』本身就是一個不被束縛的字眼，掙脫了自由就是受控制的表現！」我跟這個好像沒有深度的女人說明我故事的主旨。

「其實，你說的很有哲理，我不是聽不懂，也不需要把我當做笨蛋，我只是叫你很多事情不要繞圈想，如果自由本身是受控制的表現，那也是自己控制自己，因為所有的力量都在我們這顆腦袋上！」晨曦比著自己的頭說著，「我希望你把那股愛的力量給還回到搭娜絲的身上，放在拉索的心上！這才叫做真正的自由。」

我實在不明白這個女人為什麼一直想說服我，而她懂的東西真的有那麼多嗎？

「我沒有理由要你去修改自己創作的東西，不過，你可以試著去想想我的話。」晨曦對我說著。

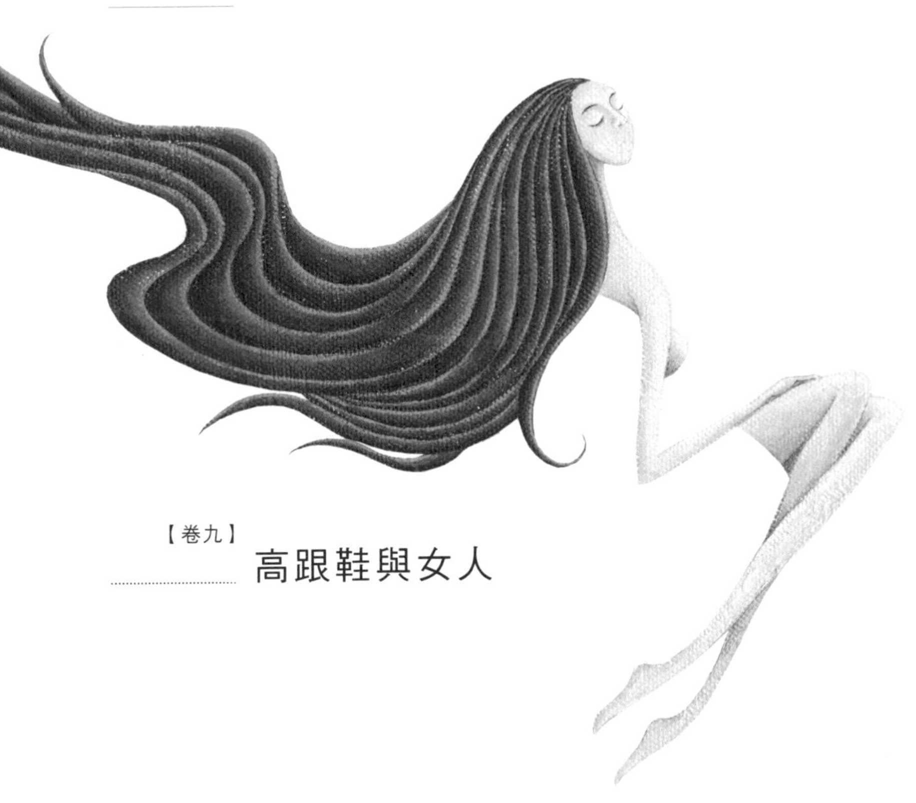

【卷九】

高跟鞋與女人

一雙好鞋會帶你去一個好的地方，讓你遇到好的人，幸福就會來臨——

「對不起，沒事先告訴你就把晨曦給帶去劇場屋。」Mark在以楓的餐廳裡跟我一起用晚餐，老闆介川先生跟我反而比較有話聊，每次來吃飯給我們的料都比別的客人多了一些。

「沒關係，那不重要，而且劇場屋又不是什麼神秘的地方，晨曦過來也沒關係。」我的話應該讓Mark比較舒坦吧。

「對了，告訴我你看過劇本的感覺，要說實話。」我問。

「很好啊，我很喜歡，不過拉索的朋友不該給他那樣的忠告，否則他也不會成了人類後而失去愛情，那太痛苦了，還不如永遠當一隻天堂鳥，守護著深愛的人。」

我有點訝異Mark說的話，「你是不是不喜歡結局？」我問。

「不會啊，一種遺憾吧，可以接受。」Mark說。

我對自己的決定是不會動搖的，可是我一直很想再找晨曦出來聊聊。

「我問你，晨曦是跟他哥一起住嗎？」

「沒有啊，她住內湖。跟你住得很近。」Mark嘴巴嚼著高麗菜葉說著。

「你想找她啊？」Mark好不容易將燙在嘴裡的高麗菜葉拖進食道裡，又急著張口說話。

「她告訴我不喜歡結局，要我考慮修改……雖然我很不會在意別人怎麼說，但是畢竟這不是自己寫著好玩的，如果有觀眾的移情共鳴，那樣的演出才有意義啊。」

Mark點頭表示贊同，「對，你這樣講非常正確！我幫你打電話叫她出來。」

「有這個必要嗎？連我自己都想不清楚……」我實在不知道要跟晨曦如何選擇聊天的話題。

「有時候自己會想不透的，多一個朋友去幫你想也好啊！而且晨曦的人真的很好，是可以當知心朋友的那種人。」Mark說著。

「再看看吧。」我拿起筷子準備大快朵頤一番。

我吃完了晚餐開車回家，正要遙控車庫大門時，發現晨曦的車子停在公園邊，她從車上走了下來。

「妳這個女人太可怕了吧……這麼知道我的住處啊？」我壓下車窗問她。

「怕了吧！誰叫我們住那麼近，Mark剛才打電話給我，說你要找我？」晨曦問。

「那……如果是這樣，我們要在哪裡談呢？到我住處妳安心嗎？」我問。

「怕什麼！我又不是小孩子。」晨曦對我眨了眼睛說。

「不過我跟阿若有約了，所以沒辦法進去了，這樣吧……明天你陪我去一趟百貨公司怎麼樣？我們順便可以一起吃中飯。」晨曦問。

「也好，那明天見。」我回應著晨曦。

「OK。」晨曦說完便轉身上了車。

這是我第三次看到她，今天她穿了一雙深咖啡色的高跟涼鞋，腳踝的地方還綁了蝴蝶結，很可愛的一雙鞋子，很可愛的一個女人。

我在浴室的鏡中看著我自己，我問自己是個什麼樣的人？

跟一般的男人比，身高、長相都不錯，為什麼我現在卻是一個人？難道我真的那麼沒有魅力嗎？

關起浴缸的熱水，掃走鏡中的霧氣，再看著自己……不知道是不是晨曦對我有意思，否則她怎麼會一直出現在我的面前。不過，她已經有男朋友了，會是個喜歡腳踏兩條船的女人嗎？

她的腳指頭保養得很好，指甲也修剪得很漂亮，塗上淡淡的粉紅色顏彩，我想她一定知道自己有一雙美麗的腿，所以才會那樣地細心保養。

第二天十一點，她就來敲我的門了，她站在門口等我出去，我帶上外套關上門，心情很好，因為整晚都很期待能看見她……

「走吧，親愛的。」她邀我上車，對我的稱呼很親暱，而我心想，如果阿若聽了不知道會怎樣？

我們到了百貨公司，停好了車後我們來到一樓，「妳要買什麼啊？」我問她。

「鞋子。」她笑著回答。

「妳已經有這麼多鞋，還要買鞋啊？」我當然驚訝！見她四次面換了四雙鞋，難道她都不重複穿的嗎？

「別大驚小怪，收藏鞋子是我的興趣，而且我又不是沒有選擇性的買，有好鞋！有特色的才會引起我的注意，不過你可要有耐心一點，像阿若就很沒有耐性，陪我逛過一次鞋店就從此不再做同樣的事了！」

我好羨慕阿若，每次看見晨曦一提到他的那種表情，我看到的都是幸福。

「像妳們女人買鞋子會不會看牌子啊？」我問晨曦。

「牌子啊……其他人我是不知道啦，不過，我是會參考一下，它的品牌、價格和皮質是不是有這樣的價值……」

「所以還是會看囉！」我笑著。

「你這樣問好像我們女人很愛慕虛榮一樣，一定要買什麼世界名牌，告訴你，世界名牌無罪，女人消費有理！」

我聽了笑出聲，好笨的藉口，為了花錢讓自己心安理得的藉口，女人有時候真的很蠢。

「我不相信你們男生不會不喜歡看女人穿高跟鞋！」晨曦把話題扯到我身上，朝我瞄了一眼。

她一定知道我在注意她。

「不然，我們這個知名的劇場人物，怎麼會知道我總共換了多少雙鞋子呢！」晨曦笑嘻嘻地說。

「是，我是會欣賞美女修長的腿，這我不否認，你們不都是為了取悅男人而想讓自己看起來更醒目嗎？所以才會處心積慮地裝扮自己，從頭髮到服裝到鞋子，投入這麼多心力，不都是要讓別人看個明白嗎？」可能是我說錯話了吧，晨曦朝我後腦杓拍了一下。

這是我第一次被女人打，真可惡！

「你這男人講話真沒禮貌耶！」

「你們女人的錢真好賺耶，從一樓滿滿的化妝品、鞋子看來，就知道百貨公司要賺女人的錢是多麼簡單的一件事。」我試著反擊。

「就算是吧，那也是甘願啊！」晨曦看著我說。

站在眼前的這個女人是一種美的事物，透過了眼見的美，給了我創作的靈感，卻讓她來左右我結局的思想性，真嘔。

我看她在每間鞋櫃都很認真地在挑選著，好像是鞋子的守護者一樣，來檢查有沒有瑕疵品。

「喂，你有沒有比較喜歡的顏色啊？」

站在旁邊陪一個女人逛鞋子已經很怪了，還要應付她的問題。

「沒有……我沒有特別喜歡什麼顏色。」我說。

「我也一樣，只要好看，色調看起來柔和，我都不排斥，你看這雙粉紅色的靴子，顏色就挺討人喜歡的……還有這雙似童軍的鞋子，你別看它是平底的，告訴你，這鞋子裡面可暗藏玄機呢！他們將鞋子裡面腳後跟的部分加高，差不多一吋半的高度，鞋子外頭看不出來，實際上它是一雙高跟的靴子。穿的人也會長高喔！」晨曦很有經驗地對我說明鞋子的特色，原本沒有興趣的我，是越聽越有意思。

「哇，那有些女人穿平底靴子的，看起來身材不矮，有可能是加高後的效果喔！」我笑著問。

「沒錯！還有啊，其實我們還可以依照每個人穿鞋的習慣來看那個人的腳形喔！」晨曦把我拉到一旁，「你看左前方背著藍色側包包的那個女人……」我是看到了一個不算瘦的矮女人朝我們這個方向走來。

「像她現在所穿的皮鞋前面的部分是圓頭的……較寬，所以她的腳形有可能是寬扁的，而為了承受自身的壓力，她只能選擇類似的鞋款，如果要她穿高跟鞋，她一定會跌個半死。」

我聽了在偷笑，而那個路人好像知道我們在討論她，她經過我們時還向我們瞄了一眼。晨曦假裝看其他的方向，等那個人走離開的時候，我們兩個笑得好大聲。

「可是我偏愛高跟鞋……」晨曦喝著冰咖啡說著。

也許是逛累了吧，她找我到百貨公司的三樓喝咖啡。

「為什麼偏愛高跟鞋？」我問。

「因為阿若喜歡看我穿高跟鞋，他說他很喜歡我這雙腿，很迷人喔！」晨曦故意將腳抬高十公分秀給我看。

「妳的腿真的很好看，阿若說的沒錯，而且穿高跟鞋更能突顯妳這雙美腳。」我笑著對她說。

「謝謝你的稱讚！」

「我說的是事實……」我不知道為什麼自己突然間覺得有點害羞，我不太敢直視她的眼睛……

「其實，在還沒認識阿若之前我就喜歡穿高跟鞋了……因為我很相信一件事，一雙好鞋會帶你去一個好的地方，讓你遇到好的人，幸福就會來臨。」晨曦微笑著說。

「所以妳不停地找著好鞋？」我問。

「嗯。」晨曦點頭。

「難道妳還沒有找到幸福嗎？」我以為阿若就是她所找尋的幸福。

「我也不知道耶……現在的我其實很想嫁給阿若，只是，他到現在都還沒有向我求婚……所以我在想，是不是他不愛我？」晨曦失望的表情寫在臉上。

「怎麼會呢？我看他很呵護妳啊。也許他已經有心理準備要跟妳求婚吧，只是時候還沒到啊。」我安慰著晨曦。

「嗯，你說的沒錯，我要對他有信心才是！」晨曦笑的時候眼珠子有透光的感覺。

她的髮質很好，拍洗髮精廣告一定會有說服力的。低頭的時候，兩邊的髮絲總是會往前垂吊遮蓋她臉頰的酒窩。

「對不起喔，因為我的一句話而讓你煩惱故事的結局……」

「怎麼會……我回去想了想，確實覺得妳說得很有道理，雖然是個小丫頭說出來的話……」我對她笑了笑。

「我哪是小丫頭啊！」晨曦嘟著嘴說。

「你談過幾次戀愛啊？」晨曦接著問我。

「我……嗯，嚴格地算起來只有兩次。大學一次，高中一次。」我說。

「什麼叫做嚴格地算起來啊？那數漏的女人一定有很多囉！」

「當然不是，我覺得兩個人同時有感覺在一起交往，才叫愛情，如果只是單戀……那有點勉強……」我對晨曦解釋著。

「錯！我告訴你，單戀也是愛情喔！當初就是我先喜歡上阿若的，所以我就勇敢地表達出我對他的愛意，所以他就發現我這個人的存在啦，我的愛情就是因為創造而成就的！」晨曦很驕傲地說。「像你劇本裡的拉索，因為對方不知道他的存在，所以這就是未開發的愛情，也就是拉索單戀愛上了女主角搭娜絲……」

我想著晨曦的話，而她繼續說著。

「因此你就用宿命論去呈現愛情的無果論，我告訴你……要我是拉索，我既然已經跟上帝交換條件成為人類了，那我一定用我的誠心繼續向上帝禱告，祈求祂讓搭娜絲注意到自己的存在，讓搭娜絲他心愛的女人能跟他永遠地在一起，這就是創造的力量，一定可以戰勝宿命論的！」

晨曦說的激動，我被她嚇住了，因為她說的道理我竟然可以接受。

「我認為這就是崇高的一剎那！（浮士德臨終前所歡呼的）」晨曦看著我，要我相信創造的奇蹟。

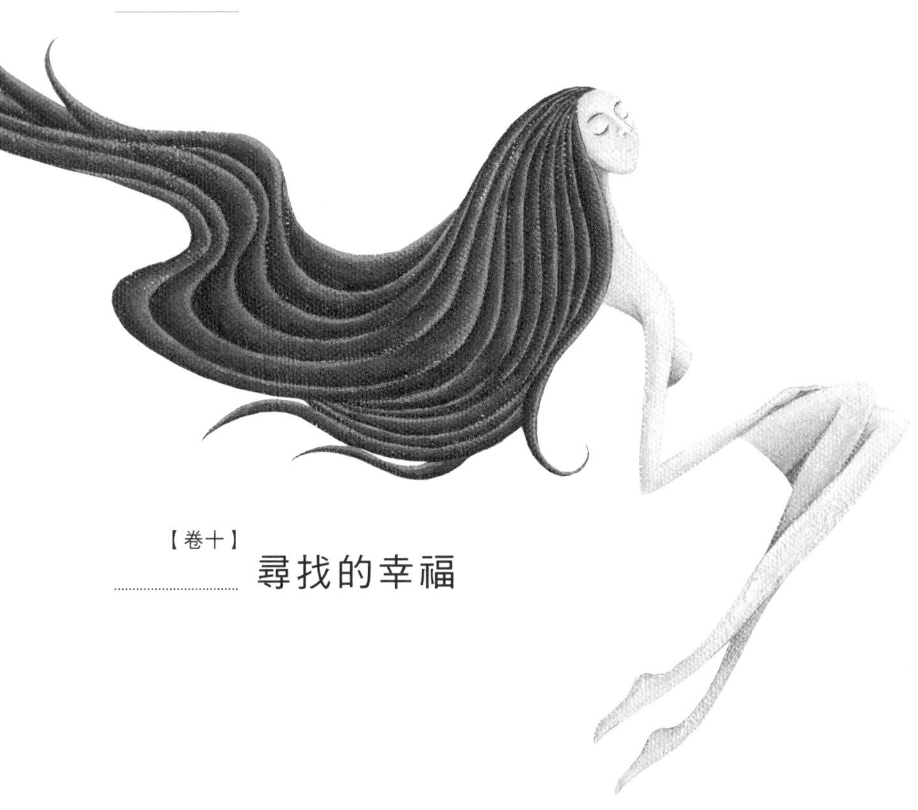

【卷十】

尋找的幸福

這慵慵的秋景總有哀愁的氛圍，窗外的樹影搖晃的很不切實際，
我的眼睛閉著，感受到這女人的哀傷，好顛簸，髮香……
我會對這個味道印象深刻，會深刻多久我也不知道——

掉落的羽毛是一種自由掙脫的象徵，那死亡就是生命再塑的開始。

我可以將搭娜絲未開發的愛情給予動力，在三個循環的季節，冰雪未溶化之際，搭娜絲將會通過挑戰，找尋金黃色的羽毛，回到人間，陪在拉索的身邊。

我改變了冰封孤鳥的結局，站在我窗口旁的晨曦拿著我最後幾頁的劇本靜靜地看著，她好一會兒不說話，我開始猜想是不是她又不滿意結局的故事，我坐在桌子旁一直在注意她。

……那是眼淚嗎？

眼角下的水珠，順滑而落。

「妳在哭嗎？」我站了起來，但還是在原地看著她。

她轉過頭看我，窗口的夕陽把她遮掩的很好，但柔弱的神情和她平日堅毅的樣子有所落差，她是怎麼了？……那幾頁的故事到底對她做了什麼？

「我的心好慌……」晨曦啜泣著，她蹲了下來，整個身體好像在發抖著。

我看了不忍，走過去將她扶起，「晨曦……妳怎麼啦？」我輕聲地問著她。

如果看到一個這麼好的女人哭泣時，尤其是你喜歡的女人，真想抱著她……

我承認從看她的第一眼開始，我就對她有感覺，如果她是我的，我絕對不讓她掉眼淚……

她的心很慌，為什麼呢？

「你可以抱我一下嗎？」晨曦帶有倦容的眼問我，我什麼話都沒說就照著她的要求去做了，這也是我想對她做的……

這慵慵的秋景總有哀愁的氛圍，窗外的樹影搖晃得很不切實際。

我的眼睛閉著，感受到這女人的哀傷，好顛簸，髮香……我會對這個味道印象深刻，會深刻多久我也不知道。

我撇見一種景，與戀人相愛時，走在碧水潭邊，看著斑駁的水紋晃著，一旁的棲草只不過是多餘的點綴，只是……為什麼這景不明亮，不透澈呢？

「現在幾點啦？」晨曦邊擦眼淚邊問，她離開了我的胸膛。

「喔……我不知道耶，我沒戴錶……大概六點左右吧。」我說，這是猜測的時間。

「那我要走了，這個還你。」

晨曦把劇本遞還了我，她開了藍色的木門離開了。

走的時候我很注意她的背影，還有那雙不一樣的高跟鞋。

連再見都沒和我說……

我很在意我的劇本和她淚水的關係，也許在她哥哥那裡可以多認識晨曦。我坐在老位子上，以楓拿了兩瓶啤酒上桌。

「要吃什麼？」以楓問。

「不用了，我下午才吃過東西，還不餓。」我開了啤酒往我們倆的杯子裡倒。

「有心事？」以楓看著我笑問。

「沒有……只是有些事情沒想好而已，至於心事……還不算吧……」我喝著啤酒，台灣牌子的。

「聽Mark說我妹她最近跟你走得很近。」

真好笑，Mark好像是我們的傳聲筒，發生什麼事他都會到處去稟報。

「對，我們在討論劇本的東西……不曉得你有個妹妹，沒聽你提起過？晨曦跟我說我才知道你們是兄妹關係。」

「也沒什麼好說的，因為我們的關係一向不是很好，而且她不是很喜歡我這個哥哥。」以楓勉強地笑了笑。

「怎麼會呢？」我問。

「也許是因為我那日本老爸的關係吧，晨曦覺得我媽愛我爸比愛她爸還多，所以就把氣發在我身上……」以楓感嘆地敘說他和妹妹的情形。

「其實，這是家務事，本來是不需要跟其他人講的，我剛剛聽你說我妹有跟你提過才說的。」

「你跟我聊這些事情證明你把我當朋友，我也不會拿你們的事情當寫作題材的，放

心吧。」我試著暖場，不讓以楓這麼尷尬。

「我知道你不會，如果能夠把它寫成故事我也不反對，只是要記得我應得的報酬！」以楓笑著。

「沒問題！……對了，你妹既然對舞台劇那麼有興趣，你怎麼不早點告訴我呢？」我問。

「晨曦不喜歡我管她，任何事情……」以楓搖晃著啤酒杯。

「感覺上你們很有距離？」從以楓的話裡我察覺到了這樣的情形。

「距離一直都在……我從十年前來到台灣跟我媽住後才認識晨曦的，那時我也才知道我有妹妹，而她也訝異自己在日本有一個哥哥……其實我看見晨曦的時候很開心，覺得自己有一個妹妹是很棒的一件事。我有很多朋友都是有兄弟姊妹的，看他們常一起出去玩，很羨慕，相較之下自己覺得很孤單……常在想如果有一個妹妹多好！沒想到我真有一個妹妹……只是這個妹妹跟我不太熟……」

以楓一口氣將啤酒喝完，我又再幫他倒了一杯，有時候我覺得自己很奸詐，會很技巧地去套別人的話，讓對方自動地說出我想要了解的部分。

以楓連續灌了好幾杯，我已經開了第二瓶啤酒了，從沒看過他這樣，不招呼客人，只在角落裡跟我這寫戲的人攪和。

「如果那是我的錯我會去承擔……可是有些事情我沒辦法改變，命運走到這種地步我沒辦法扭轉……不曉得晨曦為什麼不停地欺騙自己，我看了很難過，我每次看到她都很難過……」以楓兩手掌托住額頭，他嘴裡在胡亂講些什麼我也理不清楚，也許是醉了吧——

模糊之中聽到電鈴聲走去開門，昨天真的是喝太多了，門一打開，一個燦爛的笑容在我面前快樂地表現。

「哇，現在快中午了還睡，我們出去吃飯好不好？」晨曦的酒窩又顯露出來了。

不過我真丟臉，頭髮一定亂糟糟，還穿著睡衣呢，我指的是CK的內褲，還是四角的，現在的我臉該往哪兒放呢？

「進去刷牙、洗臉、換衣服，我在車上等你！」晨曦說完輕快地轉身走出庭院，我也得趕緊換上衣服，應該說是穿上衣服。

「我會不會是個沒用的傢伙，每次出門都是妳在開車啊？」我問晨曦。

「這跟你沒關係，我喜歡開車，自己可以掌握方向！而且我技術肯定比你好！」晨曦抽著煙說。

「你昨天跟介川先生喝酒啦？」晨曦把煙屁股往窗外丟，但我擔心她會怪她哥跟我說一些話。

「對……」我好簡單地應了這個字，那種拖長的尾音便知道有些心虛。

真笨，幹麼『對』得那麼不乾脆呢！

「你如果能多陪陪介川先生也好，他好像沒什麼朋友，我昨天打電話給他的時候他好像喝醉了，說是你送他回家的。」晨曦看起來對他哥哥不關心，可是聽起來卻好像又很關心以楓，他們兄妹倆真怪。

「對了，這個送給你。」在高爾夫球場的西餐廳裡，晨曦從她包包裡拿出了一個小盒子。

「送給我……這是什麼？」我問。

「打開來看看嘛！」晨曦的眼睛眨了眨，她今天擦上了紫色的睫毛膏。

「手錶……」她怎麼會送我手錶呢？

「妳買這支錶送我，很貴吧……」實在不好意思讓她破費。

「價錢不是問題，好看、適合最重要，喜歡嗎？」晨曦問。

「喜歡，謝謝。」

「不用客氣啦，反正我們要當一輩子的朋友！不該這麼ㄐㄧㄢ ㄐㄧㄝˋ！」晨曦認定我是她朋友的表情很自信，我很喜歡那個表情，也讓我很自在。

「來，我幫你戴上！」晨曦今天心情很好，始終保持著笑容，和她昨天那突如其來的哀傷很對比。她的手碰到了我，手指纖細。

「怎麼……會想送我手錶？」我看著晨曦。

「你看！我請那個專櫃小姐截了兩段錶帶，很合耶！你的手戴手錶很好看耶！」她笑著。

「你問我怎麼會送你手錶，其實我注意你好幾次了，你沒有看時間的習慣，所以才會買支手錶給你啊！」她說。

「妳不是也沒戴手錶嗎？」我問晨曦。

「就是因為我沒戴，所以我們兩個一定要有一個人要戴啊！這樣只要我問你幾點的時候，你就會告訴我準確的時間啊！」

晨曦可能是一時興起才會這麼做吧，我跟她又不常常在一塊兒，不知道她有沒有幫阿若買手錶，就算她是一時興起吧，起碼她會留意我。

「昨天……對不起喔……」

晨曦一定是覺得昨天的行為太反常了吧，所以才跟我道歉。

「我不知道妳昨天怎麼了？我還擔心是不是我的問題……」因為我猜想她心理有什麼壓力。

「不是你的問題，別誤會喔。」晨曦很快地回話，還真的像是怕我誤會的樣子。

「那就是我的劇本傷害了妳？」

「你的劇本為什麼會傷害了我？」晨曦問。

「也許妳還不滿意結局吧，所以妳不高興，耍孩子脾氣就哭啦。」我說完後晨曦笑得很樂。

「哎呀，你好會亂猜唷！我告訴你，你故事的結局我好喜歡喔！怎麼會不滿意呢！」晨曦說完令我興奮。

「妳真的喜歡？」我再次確定地問。

「真的喜歡，而且是非常喜歡，很想趕快看到戲劇的演出！」晨曦讚美著。

我鬆了一口氣，「太好了！我還以為……結果是我多想了，誰叫妳看完了劇本有那種反應，真被妳給嚇到了！」我對她說。

「膽子真小，沒看過女人哭啊！」她雖然用這種方式化解了我的假想，但是真正的原因使我很想催她自動解釋，但又怕讓她為難。

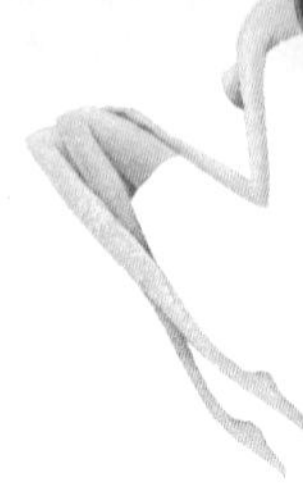

「阿若他……他告訴我要出國唸書。」晨曦說。

「出國唸書？」我問。

晨曦點點頭。

「去哪裡啊？什麼時候走？」

晨曦也許是因為這個原因才煩心的吧？

「去法國，大概明年二月吧，他要把還沒修完的課程再補修回去。」

「有確定了嗎？」我問晨曦。

「嗯……他很確定。我也不能勉強讓他留下來，這樣他會不高興，我不會惹他不高興的，只要我乖乖地等他，他一定會回來娶我的。」晨曦笑著說。

我真的是不予置評，對這件事情的看法起碼是這種態度。

「不過他說，如果我能徵選上冰封孤鳥的女主角，他會特地飛回來看我表演的！所以我要加油囉！」

「好，那妳要好好的準備考試，既然劇本已經確定了，我下個月就公開徵選，記得，我不會因為私下的交情而多加妳分數唷，因為所有的團員會跟我一起評審，一切都要靠妳自己了！」我鼓勵晨曦。

如果她能跟我一起參加演出，她就會把注意力轉投注在排戲的上面，這樣會讓她多點事做，也不會東想西想的，雖然到現在對她還是陌生的……

「我這雙鞋子好不舒服喔，不想穿了。」

晨曦在西餐廳裡竟然給我脫鞋子，她用右手揉著她的腳指頭。

「這雙是新鞋嗎？」我問。

「是啊，沒有試穿買的……其實買鞋子一定要試穿才好，才知道這雙鞋子的質料如何，舒不舒適……就像是吃東西一樣，如果只看外表聞味道還不夠，一定要吃了，由味覺去判斷，才能知道這東西好不好吃？」

我懂晨曦的意思，可是沒有她講得那麼簡單，她每次說話總是若有所思，總是隱藏了什麼一樣……

「我以後可能沒辦法再一直買鞋了？」

「為什麼？是因為妳找到幸福了嗎？」我還希望能看到她穿不同的高跟鞋呢！

「雖然我不確定自己是不是找到幸福了……不過這跟那沒有關係，我跟你說過，我從以前就很喜歡穿高跟鞋了，小時候還常穿著我媽的鞋子走路呢……只是阿若誤認為我這是一種病態，藉由買鞋來滿足自己的購物慾，把我說得好像神經病一樣，這種感覺很不好，所以我想我不能再這樣下去了……」

晨曦看起來好可憐。

「買鞋子有什麼關係，我對妳的看法就不一樣，我在想妳一定有自己很想要買的一雙鞋子，只是還沒找到而已。」我傻傻地說出這樣的話，卻引來晨曦的一種竊笑。

「妳怎麼有那種笑容啊！」我笑著問。

「我晚上給你看樣東西！晚上七點到介川先生的餐廳去。」晨曦說著。

她很俏皮，就真的拎著鞋子赤腳走出餐廳，對我而言真是新鮮事——

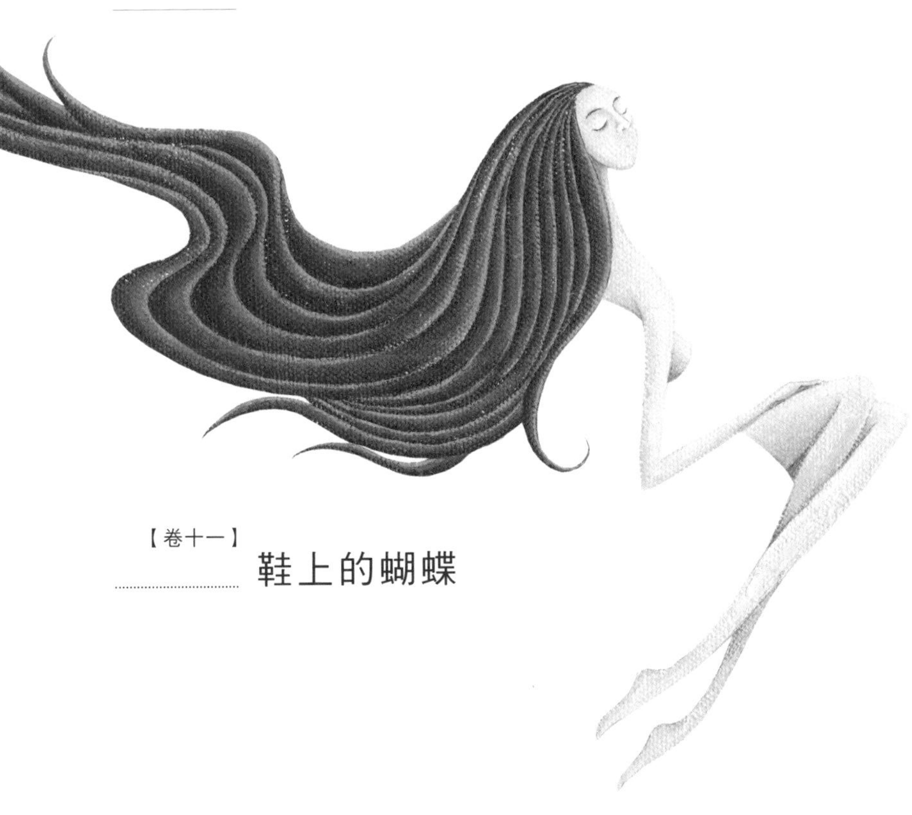

【卷十一】

鞋上的蝴蝶

蝴蝶的形狀畫在高跟鞋上，
有些看得出來是立體的，有些則是鏤空雕刻，
一部分則是顏彩畫染的，或大或小、或單或雙的
飛在每雙高跟鞋上面，真好看。

離晚餐時間還有四個小時左右，這是我第一次看手錶所確定的時間。晨曦對我這麼友善，很窩心。

她送我回內湖後我又開車來到了劇場屋，我們團裡今天有會議要開，他們終於可以看到我劇本的結局了……

梁季矣騎著車子離開劇場屋，經過我的車身。

開會的時間不是到了嗎？怎麼又走了呢？

我將車子停在我老爸旁邊，看見Mark坐在樹下抽著煙，好像是出事了。

「Mark！」

「Hi……」Mark頽喪地與我打招呼。

「你坐在樹下幹什麼？那麼沒精神……」我問。

「沒有……出來抽根煙。」Mark搖搖頭，他看到了我手上的錶，「你戴手錶啦？」

「幹麼大驚小怪的啊？……對啦，梁季矣去哪裡啦？」我覺得這兩個人一直在搞曖昧，也許已經是對情人了也說不定。

「她回去了。」Mark淡淡地說。

「我的愛情真是短暫，為什麼老被女人甩呢？」Mark補充說明。

我聽了覺得有趣，他們還真是談戀愛了。

「你們在一起多久啦？」我坐到Mark的旁邊問。

「半年了吧，加上今天，勉強可以算半年……」Mark說。

「你們做到滴水不漏啊，半年都不知道你們談戀愛，知道的這一天還是你們分手的時候，跟你做朋友還真慘耶！」我抽著煙，說完兩個人笑了起來。

「Sorry……我不是故意要保密的，因為這個女人有點駻，自己不敢保證跟她的關係會維持多久，所以兩個人也沒公開。……真是不好駕馭的女人……」

「女人不可以用駕馭的，又不是要去馴服一匹馬，如果你只是為了想贏，或想要征服她才跟她在一起的話，那我還希望梁季矣能趕緊離開你……怎麼可以用這種心態去交往。」我打了個哈欠，也許是訓了話的關係。

「我嘴巴雖然這麼說，可我沒敢這麼做啊……最近真倒楣，我們老闆好像要把公司

收起來了，如果傳言不假的話，我就要準備失業了。運氣不好的時候，什麼事都會發生……事業、愛情都不如意，背透了。」Mark感嘆地說著。

「好好的怎麼會要把公司給收起來了呢？」我問。

「還不是經營不善……告訴你，我們老闆不是塊做生意的料，難怪阿若辭職不幹了，還說要去國外唸書呢！」

這件事情晨曦今天也跟我提過。

「阿若不是晨曦的男朋友嗎？」我問。

「是啊，就是上次在Pub你看到的那一個人。」

我知道阿若是誰，我只是要了解那個人的背景。

「原來你跟他是同事啊！他人看起來很不錯……」我好虛偽，其實對阿若一點感覺也沒有。

「你說阿若啊！他可不得了啦，會自己設計電腦程式軟體什麼的……那些東西我不是很懂，我只知道他很聰明，是一個很有魅力的男人，難怪我們的晨曦妹妹這麼愛他！真是所有優點都在他的身上了，三才都有了，肯定逍遙一輩子！」Mark很稱讚阿若。

「我看他跟晨曦也挺配的，兩人的感情應該不錯吧？」

也許Mark不知道他們的感情進展指數達到多少，但他是目前唯一能夠提供我線索的人。

「嗯…看起來是不錯，以他可以讓任性的晨曦乖乖聽他的話來看，兩人感情應該還算OK。」Mark看起來也不是很確定的感覺。

「算啦，失業的話就當全職的演員吧，我會發薪水給你的！」

Mark的演技的確不錯，要不是他在人生的規劃過程中還有一些他想要追求的憧憬，他應該可以勝任全職的演員工作的。

「謝啦，我會考慮的！」Mark笑著點頭。

晚上七點，不，我六點五十分就到了餐廳。我跟以楓說今天約好要跟他妹妹一起

用餐。

晨曦七點十分才到餐廳。

「哈囉！我遲到十分鐘，你會不會生氣啊？」

晨曦的微笑讓人無法對她有什麼其他的情緒，尤其才十分鐘的等待，沒那個必要發脾氣。

「你大小姐肯跟我一起吃飯我很高興……我沒事為什麼還要個性啊？」我替她拉了椅子，「請坐，我的公主。」

「謝啦，親愛的王子。」

以楓向我們走來。

「介川先生，我要吃泡菜鍋，韓式的那種喔！辣一點！」晨曦對他哥說話的樣子不是很有禮貌，有一種命令的感覺。

「好，那李偉跟平常一樣嗎？」以楓問我。

「對，今天肉片改成牛肉好了，謝謝。」

「好。」以楓替我們點好了菜走去吩咐服務生，每次來他都會親自替我點菜，今天也不例外。

「我很少來介川先生的餐廳吃東西，今天是給足了他面子！」晨曦撇看了一眼站在櫃檯前的以楓。

「這家餐廳的東西很好吃，妳不常來真是沒口福，每次我來的時候，妳哥總會給我多一些肉片，別人可沒這個福利。」我看妳這個驕傲的小姑娘怎麼回答我。

「真是，多給你些好處就不得了啦！」

「妳為什麼叫他介川先生啊？」我不讓晨曦繼續說下去，反而問了這個問題，我有點看不下去，她很明顯地在欺負哥哥。

「不叫他介川先生要叫什麼！你別看他好像很可憐的樣子，告訴你！他是裝出來的，跟那個老日本一樣……想到那個老日本就噁心，我媽真是看走眼了才會嫁給那個王八蛋！」晨曦很氣憤。

「不過，那個老日本也沒辦法留住我媽的心，我媽最愛的還是我爸爸！」

晨曦想戰勝他哥哥，藉此來滿足心靈欠缺的部分，那個部分是什麼不是很明顯，不過如果分析她和以楓所說的話，我反而比較相信以楓。

「試著叫他哥哥不會損失什麼吧？」我問。

「我試過……崩潰或是情緒不穩的時候我才會叫他哥哥，我處在正常的時候都忘了他是我哥哥。」

算了，從晨曦口裡說出來的話有點瘋言瘋語的，他們兄妹倆和不和解也不在我的管轄範圍，管他的。

我們的晚餐上桌了，好香，看起來好好吃。

「對了，妳不是有東西要給我看嗎？」我問晨曦。

「有啊，這裡。」晨曦放下湯碗，將旁邊座位上的畫本遞給我。

「這是我畫的。」

我打開看，是晨曦所畫的畫，不過前幾頁都是蝴蝶飛舞的樣子，「妳喜歡蝴蝶

啊？」我看她畫蝴蝶畫得很生動。

「是啊，我喜歡蝴蝶，我喜歡蝴蝶就像你喜歡天堂鳥一樣。」

我看著她，我從來沒告訴過別人我喜歡天堂鳥，只有我自己知道，「妳……」

「你又想問我……我為什麼知道嗎？」

我點頭。

「從你替劇團取名『燚』字以及你冰封孤鳥的故事內容來看，你形容天堂鳥就像形容自己般的神秘，所以我就知道你喜歡天堂鳥啊，這個邏輯很簡單吧！」

我真是蠢蛋，還以為她有多麼了不起會了解我的事情，只不過純屬推測罷了。我笑著搖頭。

「原來是這樣……那妳喜歡蝴蝶有什麼理由嗎？」我問。

「有一天，我看見我放在門口的高跟鞋上停了一隻蝴蝶，它靜靜在那裡休息的樣子，好像就是我高跟鞋上的裝飾一樣，不像是生物……它的翅膀有金粉，還有小點點……那看起來真的很美，後來我想像那雙有蝴蝶的鞋子穿在我腳上的樣子……我才知

道我的腳有多好看……」

晨曦敘述蝴蝶和她那雙高跟鞋的記憶，我再繼續翻著畫本，結果一張張都是晨曦所設計的高跟鞋樣版，每雙款式雖然不同，但都有蝴蝶的形狀畫在高跟鞋上，有些看得出來是立體的，有些則是鏤空雕刻，一部分則是顏彩畫染的，或大或小、或單或雙的飛在每雙高跟鞋上面，真好看。

「有一次我媽媽看見我穿高跟鞋的樣子就稱讚我，說我穿高跟鞋很好看！穿上一雙好鞋會帶你去到好的地方，就會得到幸福，這句話就是我媽告訴我的……所以，我的高跟鞋從一雙、兩雙……慢慢地越來越多了……」晨曦說著想著。

「穿上一雙好鞋會帶你去一個好的地方……真是這樣嗎？」我懷疑。

「你不懂啦！我問你，你有沒有陪過女孩子逛鞋店的經驗呢？」晨曦問我。

她的記性真差，「我前幾天不是才陪妳逛過嗎？妳忘啦？」我問。

「當然沒忘，我又不是豬！我是說除了陪我逛過之後你還有沒有其他經驗啦？」晨曦的語氣加重。

「嗯……那倒是沒有……」我想了想的確是沒有，反正我沒立下當好男人陪老婆逛街買鞋的誓言。

「那不就對了嗎？你應該去鞋店走走，看看女人為什麼會喜歡看鞋子，不要光是用你們男生的角度去猜測女人的心思吧！」

哇，晨曦在挖苦我啊，擺明了就是在數落我嘛。

「那妳找到自己想要買的那雙鞋了嗎？」我問晨曦。

她有所沉默，眼光飄向遠方，想了一會兒，發出嗯嗯的聲音。

「好像還沒有……不過我有一個目標，就是要蒐集到一百雙有蝴蝶樣式的高跟鞋，它必須要有設計感，皮革是經過挑選的，這樣穿在我腳上才不會起水泡……大概是這樣吧。」晨曦點頭笑著。

「一百雙啊？」我睜大了眼問。

「對，一百雙，不過這個數字不代表任何意義，只是一個希望達到的目標設定而已！」

晨曦終於動了火鍋中的肉了，她吃得很開心，也完整地回答了我的話，不過我的好奇心還是很重。

「晨曦啊，妳一雙鞋大概花多少錢買啊？」我問。

「現在我的鞋子最便宜的有五、六千塊的，最貴的有六萬塊的！」

天啊，女人可以為鞋子付出這麼大的代價啊？

「那妳可以告訴我，現在在妳家裡總共有多少雙高跟鞋嗎？」我實在很想知道晨曦擁有高跟鞋的數字。

「嗯……如果夏季、冬季加起來的話……差不多有兩百多雙吧……」晨曦說出這個數字很自然，「這可不包括蝴蝶樣式的鞋子喔！」晨曦還提醒我數字是要往上爬的。

「姑奶奶，妳這樣真像敗家女耶！要那麼多鞋做什麼，像我頂多也才三、四雙而已……對了，妳的蝴蝶現在蒐集了多少隻了？」我問她。

「還有一段距離呢！因為不是每雙都好看啊，很難遇上我喜歡的……才二十多雙吧！」晨曦對我咪咪笑著。

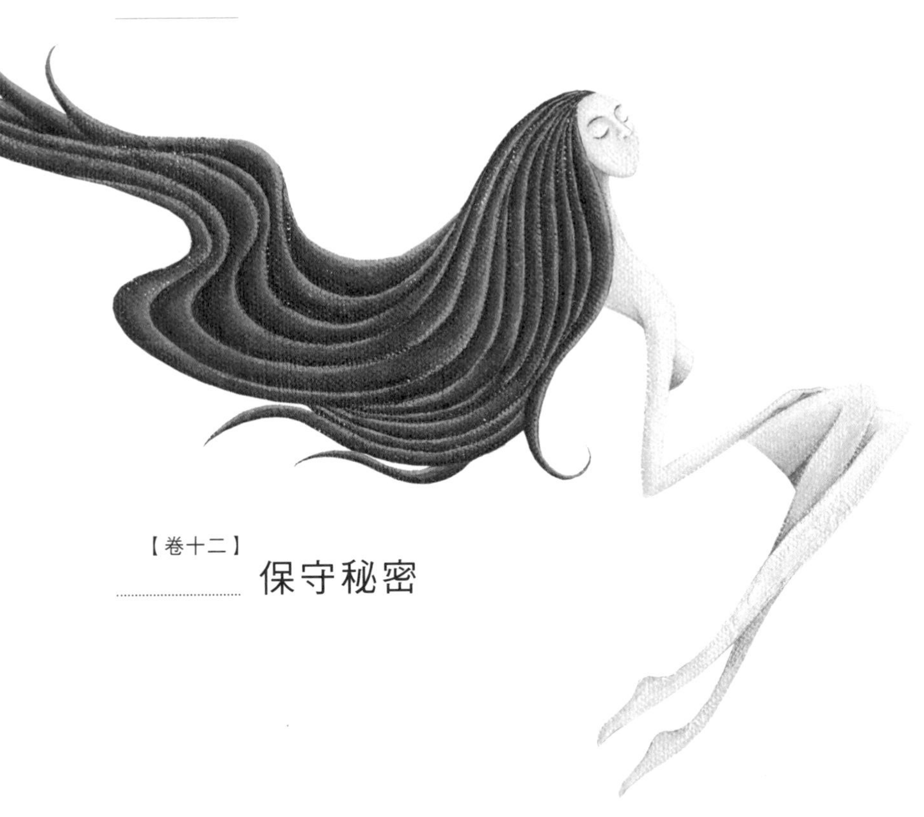

【卷十二】

保守秘密

雖然她臉上有笑容，可是整個人看起來很沒精神，
有倦意的彩妝好像補過一回又一回的，
如果把她放在香榭大道頂尖名牌的櫥窗裡，去展示她的任性與驕傲，
那她一定是歐洲人最愛的東方女子，
別忘了，她有一雙很美的長腿——

吃好了晚餐，我跟晨曦走在一旁的人行磚上沿著街道散步。

「對了，過幾天我把印好的劇本送給妳，妳可要好好地背台詞喔……不過，妳得給我妳的電話……否則我不知道如何聯絡妳。」我對晨曦說。

「嗯，我會打你的行動，這樣上面就會顯示我的號碼。」

「好。」

我們轉進巷子，從公園裡走到一棟好大的別墅前，這是鬧中取靜的地點，晨曦站在別墅的門口不動，一直盯著鐵門看。

「妳在看什麼？」我問。

「這棟房子以前是我們家的，好多年了……都還一樣，現在的主人不知道長得什麼樣子……」晨曦頭斜一邊地想著。

她好像有這個習慣，想事情的時候，頭會不自覺地傾向右邊。

「你看那個庭院前面的地方……那個小涼亭是我常待的地方，我會在那裡唱歌跟蝴蝶玩……蝴蝶飛呀飛……飛呀飛……」

晨曦突然不說話了，臉上好像強忍著不該顯露的情緒，隱隱的淚在的她眼眶中打轉，她的身體又在發抖了。

「妳會冷嗎？」我將身上的外套脫下給她披上，不由自主地抱著她，我知道晨曦是一個很敏感的人，在她的世界裡也許發生了什麼事？

「我好討厭我自己喔……」晨曦在我的胸膛輕輕地說著。

「跟妳一樣我也不喜歡我自己……」我對晨曦說。

「真的嗎？」她抬起頭看我。

「嗯，真的。不過……我們也得要學習愛自己，不管發生什麼事……」我的話讓晨曦看我看得好專注。

「其實你長得挺帥的，人也很好。不過……我不能愛上你。」晨曦對我微笑，穿上高跟鞋的右腳往後踩一步，和我保持有限的距離。

過了幾天，Tim把印好的劇本拿到劇場屋了。

「在我們的網站上已經把徵選女主角的消息登上了……藝術學院也給了他們通知，需不需要發新聞稿呢？」Tim跟我報告冰封孤鳥的主角徵選事情，可我有點心不在焉。

「你決定就好。」

Tim是個很會處理事情的人，劇團的收支及相關活動都是他在打理的，交給他我很放心。

也許是好幾天沒有見到晨曦了，有點想她，不知道她在做什麼？

「各位，我請梁季矣老師替你們排一下劇本第一幕的舞步，我臨時有些事要先去處理一下。」

十幾個舞者圍成一圈，本來今天是要跟他們講故事的，不過交給季矣和Tim就可以了，他們和我相當有默契，也很配合。

看見剛來的Mark和季矣可以自然地在聊天就表示他們之間的問題已經處理好了。

很多事情該讓團員們有參與感才行，至於我，現在也沒有心情去弄劇團的事。

我開著車不知道該去哪裡找晨曦，她說過要打電話給我卻一直還沒動作，這幾天我還檢查了好幾遍，看看手機是不是沒電了。不想跟Mark要晨曦的電話，他是個大嘴巴，要預防他散播謠言，傳到阿若的耳裡可不好，所以我決定打電話給以楓，可以用送劇本給晨曦的藉口找她。

我在車上播了電話，「喂……以楓啊，我李偉。」

我還沒說明動機以楓馬上就接了話，「李偉，你可不可以過來一下。」

以楓說有事找我要跟我談談，我到了他家的住處，離他餐廳不遠的地方。

「不好意思要你來一趟。」以楓倒了杯咖啡給我。

「沒關係，我今天本來也是想找你的，我要把劇本拿給晨曦……可是不知道晨曦住哪裡，電話也不知道幾號，所以才想要問你的。」我對以楓說著。

「喔，我等一下把她的電話給你。……其實今天叫你來也是要跟你聊晨曦的事情。」以楓嘆了口氣說。

「什麼事？是晨曦發生了什麼事嗎？」

「嗯，我前天接到她男朋友的電話，他想跟晨曦分手，因為晨曦情緒太不穩定，所以他沒辦法跟晨曦談這件事情。」

以楓說的這件事令我不解，為什麼阿若要跟晨曦分手呢？

「他們在一起多久了？」我問以楓。

「一年多了吧。當初我看見阿若跟晨曦在一起的時候，就知道阿若不是真心在跟晨曦交往的……果然沒錯……現在晨曦對他用情那麼深，打擊一定會很大的。」以楓搖搖頭。

「我看晨曦很信任你，她跟你在一起的時候很自在，所以希望你能多陪陪她，陪她度過這個時間……」以楓的眼神是懇求的，他真的很關心他妹妹。

「你的意思是我們不能跟晨曦說嗎？」

「對，我知道晨曦會去考試，就讓她轉移注意力吧，我希望你能幫著她，她不能再受到打擊了……」

以楓在說什麼？不能再受到打擊了……這是什麼意思？

剛走出以楓家就意外地接到了晨曦打來的電話，「哈囉，親愛的王子！」

聽到她的聲音真好。

「妳一定要讓我等那麼久嗎？」我問晨曦。

「久等總比不打來的好吧？」晨曦又嘻嘻地笑著。

聽到她的笑容很心疼，如果她知道阿若不要她了，她會怎樣……

「陪我去遊樂園好不好？」

「好，妳在哪裡？我現在就去接妳，今天妳不要開車了。」

晨曦說她在阿若家，阿若住在淡水，從市區開過去接她也要四十分鐘。

阿若住的地方看得到海，我到的時候阿若和晨曦已經在樓下等我了，我下了車。

「你好。」我跟阿若打招呼。

「不好意思要你來接晨曦，我等會兒要到公司去忙，麻煩你陪晨曦。」阿若在對我

說話的時候，晨曦故意在一旁做鬼臉。

「好……那我們先走了。」我替晨曦開了車門。

「我走囉。」晨曦跟阿若揮手再見。

阿若在她的臉頰上親了一下，「好好玩。」他很輕鬆地對晨曦笑著，完全看不出來他將要做的決定，這個男人真是詭詐。

「我帶妳去遊樂園玩，我們去坐海盜船……去玩雲霄飛車，還可以吃好吃的冰淇淋喔！」我開著車對晨曦說。

她怎麼都不說話呢？她一直看著窗外

「晨曦……」我叫了她，把車子停在濱海旁。

「我不想去遊樂園……」晨曦轉過頭來對我說。

「那妳想去哪裡？」我問。

「你不是要給我看劇本嗎？」

「喔，這裡……」我將後座上的劇本拿給晨曦。

晨曦很快地翻著劇本，對我笑著。

「我要好好地把第三幕的台詞背好，離甄選的時間還有三個禮拜，我要用心一點，……這樣才有機會可以演搭娜絲的角色。」

如果晨曦真的願意花時間在戲劇上面，那是對她有幫助的，我會陪著她排練，就算是自私吧，她的機會的確是比別人大……

她雖然臉上有笑容，可是整個人看起來很沒精神，有倦意的彩妝好像補過一回又一回的。如果把她放在香榭大道頂尖名牌的櫥窗裡，去展示她的任性與驕傲，那她一定是歐洲人最愛的東方女子。

別忘了她有一雙很美的長腿，可以擺放最恰當、最好的位置，露點小腳背，一手拎著一隻高跟鞋，一腳踩踏著另一隻，這是要刻意去表現出自信的部分，櫥窗旁邊最好有城市坍塌的背景……巴黎不一定要有鐵塔，凱旋門只等待地牛的伺候。

我要她用她的本能誘惑整個城市，讓所有男人見著她翻騰起私淫的慾望，她的笑

可使大海變成沙漠，使海底生物成了仙人掌，有毒汁的仙人掌……使人類乾渴之時忍不住吸飲的綠色液體，一層一層包裹著誘惑的力量——骷髏的競技場，滅亡無法得到昇華的靈魂和那雙長了蝶翅的高跟鞋——

「阿若喜歡住很高的地方……雖然可以看到海，可是太高的地方我很不喜歡。」晨曦摸著頭髮，好像在檢查有沒有分叉，劇本則放在她的大腿上。

「人的想像力可以製造痛苦，卻也可以享受快樂，當我站在很高的地方時，我總會想像跳下去的那種快感……這樣痛苦與快樂就可以互相交雜，那博士的酒杯就可以一飲而下……」

晨曦讓我寒毛豎骨，我知道這段故事，浮士德曾經有過自殺的念頭。

「妳能不能不要再說這種沒有意義的話！」我很大聲地對晨曦說。

「你喜歡我對不對？所以你不想看我死……可是你怎麼確定我會自殺呢？就算我不自殺……有一天死神也會帶走我的。」

人常會自相矛盾，晨曦也是，她積極地把創造愛情力量的觀念傳給我，又消極地說著憂鬱莫名的話。

「現在幾點啦？」她問。

我看著錶，「三點多了……」下午的時間她又想幹什麼？

「我好久沒跟我媽打電話了……」她閉上了眼睛，也沒拿出電話打，只是靜靜地閉上了眼睛。

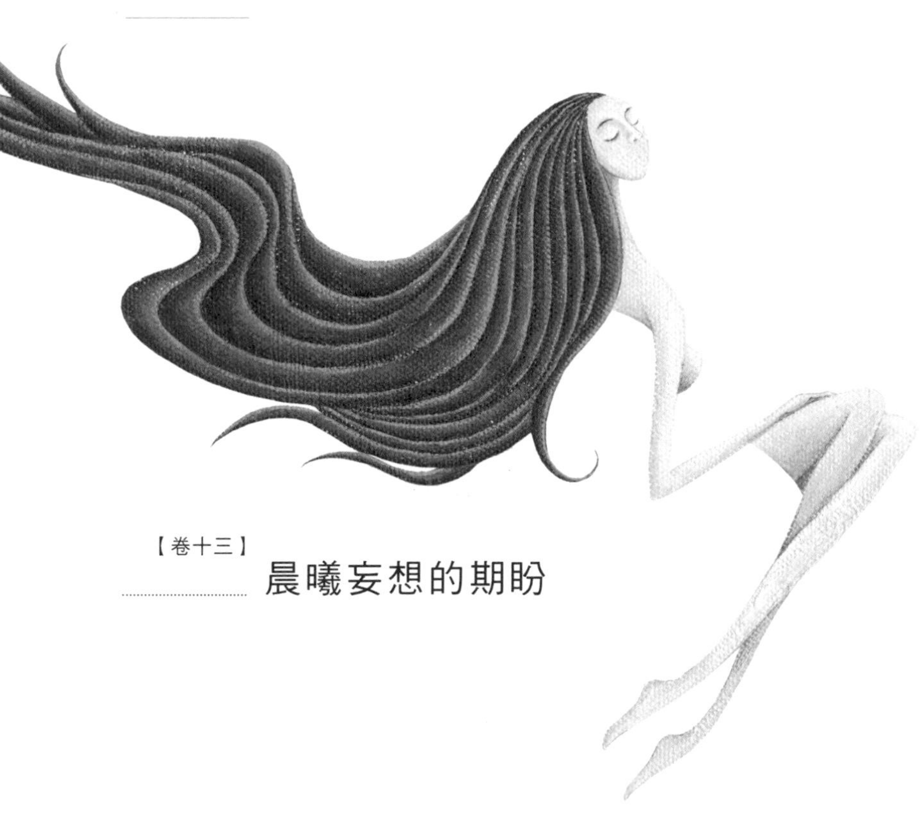

【卷十三】

晨曦妄想的期盼

男女之間談感情不就是這樣嗎……
你要說那是情債也可以，
不過所有關於債務的字眼都必須要有償還的意境在裡面，
你準備好了嗎——

第二天，晨曦一大早就來我家。那天起我就有心理準備要遮掩CK的布料，所以沒再讓晨曦佔便宜。

「今天這麼早啊？才八點半耶！」我看著時鐘問晨曦。

「從今天開始我要好好地練習劇本的台詞！」晨曦拿了兩杯星巴克的熱咖啡進門，腳步愉快地踏進了我家，她還是習慣穿高跟鞋。

第一天，她來熟悉我家的環境，到處亂轉的；第二天她對著我背了一首搭娜絲的詩，還搖頭晃腦若有其事般地認真唸著……她真把這裡當私塾了！第三天她打著赤腳踏進我家的地板，她說怕高跟鞋踩壞了核桃木；第四天更絕了，她竟然提了一桶藍色油漆進門，幫我把通往密室的木門漆上新的藍，刷累了一個小時就喊肚子餓，只好帶她出去吃東西。

搭娜絲說著：「是神喚我來的，走時神也必喚我走」——她堅信萬物生命為神所給予，所以她不抗命，但她從未嚐過愛情的果實，直到她看見苦等她的拉索終日向上帝祈禱的模樣，日漸消瘦……

珍珠般的淚水竟是觸發她想愛的關鍵，她受到了感動，才知道那就是愛的力量——舞台上，晨曦就像搭娜絲，她韌性與善良的個性詮釋的相當動人，已經攫走評審的心，毫無疑問。

「不高興啊，女主角。」

我們在上次來過的高爾夫球餐廳吃飯，看著晨曦對於昨日的表現好像不怎麼在乎。

「我很高興……只是，會不會有點搞暗箱作業的感覺啊？」

晨曦原來在擔心這個。

「我告訴妳，那裡的評審除了我之外，沒有人會因為認識尹晨曦而替妳加分，所以我既然不在評審之列，妳就是完全用實力贏來的，懂嗎？」我讓晨曦添加了些信心。

「你這樣說我好多了！早就該跟我講你不是評審嘛，害我都不好意思跟其他參加甄選的人說話……」

「真傻，那麼會亂想……不過昨天真棒，我們總共挑選了五個不錯的重要角色，我在想……由那些新的演員來演出應該對劇團有所突破，我很期待大家合作後所激發的火花！」我心情挺好的，在我的盼望之下，晨曦可以成為與我對戲的女主角。

「兩個禮拜了……我好想阿若喔。」

晨曦的冰咖啡已經快被她喝完了，她用長湯匙攪著底部的冰塊，指甲上的顏色脫落了，她怎麼會容許這樣的事情發生呢？

對於阿若跟她的事情該怎麼辦啊？還就是讓她一日過一日般的用時間來淡忘呢？

我有點殘忍，這個關於我所知的秘密是不是該告訴她，她太脆弱了，如果我現在跟她說了會怎麼樣？

「晨曦……」

「嗯？」她把最後一口咖啡給喝了。

「妳不是說演出的時候阿若會回台灣來看妳嗎？」我問。

「對啊！」她高興地點頭。

「既然這樣……妳就該好好地準備，要讓自己在最佳的狀態下好好地演出搭娜絲的角色。」我實在說不出口。

「我知道！謝謝你。」她笑著。

晨曦，為什麼妳會這麼愛一個不愛妳的人？我相信妳自己一定有感覺，一個人的感覺是最敏銳的，尤其是他從來就不愛妳，妳怎麼會讓自己那麼痛呢？

兩天後的天色還不錯，入冬的季節還有暖陽照射，不會承擔太重的衣物。不知道這樣做是不是很傻？我走進了百貨公司裡面，也許是想要從高跟鞋上找尋某些答案吧？

的確，我發現女人的高跟鞋設計得很有型，不像男人的鞋款就那幾個花樣，而看鞋子的女人們眼神都很專注。試著一雙雙不一樣的鞋子，站在鏡子前轉側身看，轉後背看，滿意鞋款穿在腳上的感覺後就會往空的地方走幾步路，看看好走不好走，會不會擠痛了趾頭，那可就是花錢買罪受，划不來的……思考幾秒或與朋友討論後，便進行金錢與貨品的交易，刷卡刷得毫不猶豫，付錢付得滿臉笑意，原來這樣也可以讓她們那麼快

樂，也是女人獨享的權利——

錦修從國外回來了，我們這幾個大男生又聚集在以楓的餐廳裡。

「哎呀！團長，你怎麼那麼慢啊？」錦修，那個像零號的男人很熱情。

「對不起，塞車。」我坐下之前跟櫃檯的以楓點了頭打招呼。

「我聽Tim和Mark說你最近都很忙啊……是不是在交女朋友啦？」錦修看看我笑了起來。

「交什麼女朋友啊，沒有啦！」這是事實。

「不過，李偉跟晨曦滿配的，只是很可惜……人家已經有在交往中的男朋友了！」

Tim把一杯啤酒放在我面前跟錦修說著。

「晨曦……就是我出國前見過一次面的那個美女啊……聽說她甄選上女主角啦？」

錦修用那副不敢相信的神情問著Mark。

「是啊，不過她是憑實力選上的，我跟李偉都沒有去評審。」

還好Mark有解釋。

「這樣啊，不過她真的很漂亮，當女主角很適合。」錦修補充道。

「我來問問你們，什麼樣的女人才叫漂亮？」我提出了這個話題讓幾個男人去思考，包括我自己。

「漂亮就是漂亮啊，還要怎麼形容啊？」錦修這個沒涵養的豬頭，說出來的話都是不用大腦的！

「漂亮當然不能只有外表好看就好……」Tim靠在椅背上說著，他似乎對這個話題很感興趣的又繼續說：「女人的腦子該要裝些東西，不能只會把外表弄得光鮮亮麗，內在什麼玩意兒都沒有，這樣的女人就不該享用『漂亮』的形容詞！」

「Tim說得很好，我也這麼認為！」我將嘴邊的啤酒泡沫給擦了擦附和著。

「沒錯！沒錯！如果沒有內涵、沒有氣質的女人，很容易就會看膩的，沒意思，久了就沒新鮮感了！」Mark說話的時候嘴裡還放了一些東西，看起來真不衛生。

「新鮮感！你就是太重新鮮感才會給梁季矣給甩了吧！」我說完大家哈哈大笑。

原來他們全都知道Mark的情事。

「你們這些人真不夠意思，我已經那麼可憐了還要挖苦我，真是……」Mark老喜歡吃高麗菜。

「誰叫你老是喜歡談那種沒有結果的戀愛，苦了自己……真是受罪啊！」錦修調侃著Mark。

「你以為我喜歡每段戀曲都無疾而終啊！我多虧啊我……心力全都投入進去了，還以為是績優股呢，結果全都是屁！空的……跌跌跌！真是情債啊，欠了別人的！」Mark說完灌著啤酒。

「哎！男女之間談感情不就是這樣嗎？你要說那是情債也可以，不過所有關於債務的字眼都必須要有償還的意境在裡面，也就是不停地付出，直到還清為止。」Tim這麼說著。

我給他補了一句：「如果是這麼想，那你一輩子都還不完！而且只有一方在付出的愛情會很辛苦，就像對牛彈琴一樣沒有回應，這不是很累嗎？在座的各位現在有這種情形的請自動改正啊！或是有別人這樣對你們的，也請你們給予回應，不愛就儘早告訴對方，要愛呢……就該懂得互相尊重。」

「你他媽的什麼時候研究起愛情觀來啦？」錦修問。

他說這句話的時候還像是個男人。

「你這個沒品的傢伙，如果李偉不懂，那他還寫什麼戲啊！」Mark終於逮到機會修理錦修了。

我們一邊吃著東西一邊討論女人的話題，竟被隔桌的女生白眼，還是錦修發現的。於是我們識相地轉移話題，因為這不是只有單性的地盤，我們可不想惹起兩性戰爭。就像是藍綠的爭戰，那些人都是盲目的豬政客，只會用低級下流的手段去批判別人，卻忘了自己的長鼻子是如何長出來的，不值得一提！

大家散會後我找了以楓談，打烊後這裡就是可以開放抽煙的地方了。

「我覺得應該要跟晨曦坦白講。」我拿出香菸準備點火。

「不行……如果說了，晨曦會受不了的。」以楓搖搖頭。

「如果不說，我會受不了……這樣對晨曦太不公平了，也許阿若現在可自在地和別的女人搞在一起了呢？我們的晨曦還在這裡苦等……」我對以楓說出自己不忍心看著晨曦在那裡有妄想的期盼。

「你喜歡上晨曦了對嗎？」

以楓問我，我愣了愣。

「因為你剛剛說我們的晨曦……」以楓想要知道我的想法。

「我……也許吧……但晨曦她不會跟我在一起的，看得出來她愛阿若愛得很深。」我內心很不安，就算讓晨曦的哥哥知道我對他妹妹有意思又如何？

「李偉，再等一段時間好嗎？就算是看我面子上幫我這個忙……再過一些時候，日子拉長一點，也許晨曦對阿若的感覺會比較淡……到時我們再跟她說吧。」

以楓央求我，我也只好答應他，只是我總覺得會有什麼事情發生，要是公演的那天阿若沒來，我該怎麼跟晨曦交代……

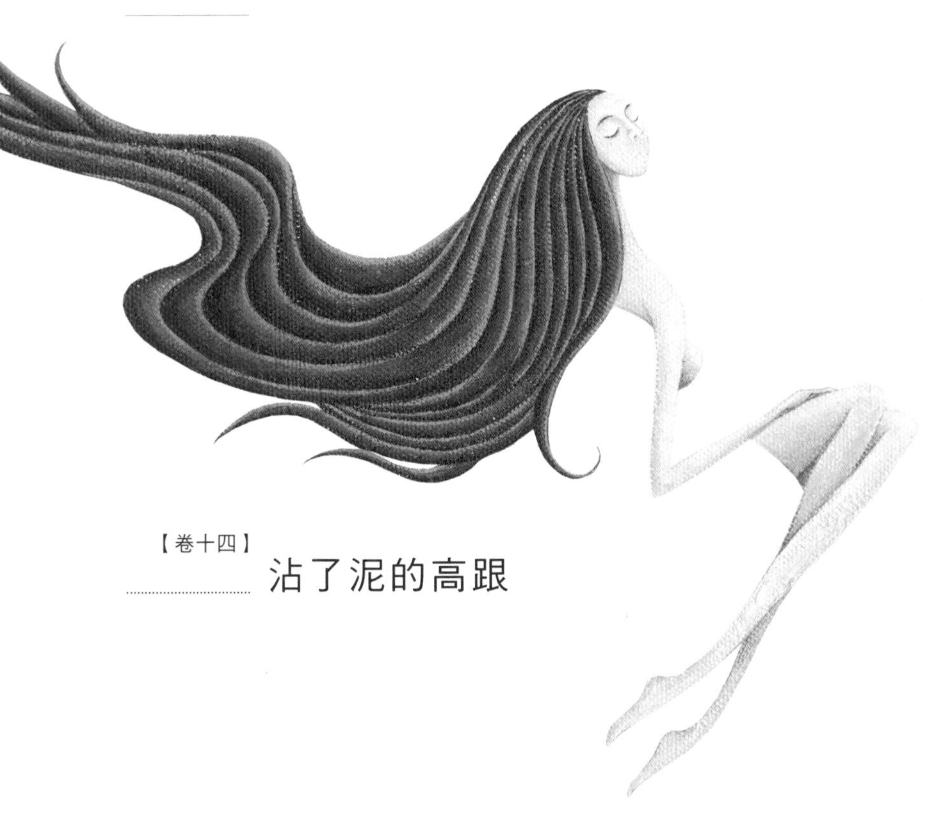

【卷十四】

沾了泥的高跟

閉著的眼睛順流出柔濕的淚，
悽灰的訊息有傷痕、黑影、燎灼的刑、深奧的毒……
它侵蝕著珊瑚的美，堆積著欲毀滅船隻的冰山——

隔日的上午，我穿著休閒服準備到劇場屋去排練，一開門卻看見晨曦坐在台階上，身子瘦弱地縮坐著，滿地的煙屁股。

「晨曦……妳在這裡多久啦？」我坐到她旁邊問，看起來好像她待了不少時間。

「李偉……我在想……拉索看見搭娜絲來找他，結果是他們會在一起……可是劇本沒說他們會在一起多久？……到底是多久？」晨曦吐了一口煙轉過頭問我。

我心裡突然有一陣很酸疼的感覺，我看見晨曦拿著香菸的右手小指的指甲斷掉了，她的嘴唇在顫抖，沒有血色。

「晨曦，來，靠過來，這樣妳會比較暖和。」我的肩膀讓她靠著，胸口讓她倚著，我確定以楓有事情隱瞞我。

「晨曦……妳知不知道我喜歡看妳穿高跟鞋？」我輕聲地問她。

「喜歡看我穿高跟鞋……」

「對，就像妳說的，妳有一雙很美的腿，穿上高跟鞋後會使妳的那雙腿更美麗……那是一種自信美。」我撫摸著她的髮絲。

「自信美……我有嗎？」晨曦淺淺地問著，她手上的煙掉落在地，用手摸著自己的腳。

「妳當然有，而且上帝對妳很好，所給妳的，無論是臉蛋、身材都是最好的形體，可能引起好多人羨慕甚至嫉妒，所以妳要好好的疼惜自己……妳看，妳的高跟鞋上踩著了泥，遮掩了亮麗的紅色，跟妳好不相配對不對？」

晨曦注意到了自己踩髒的高跟鞋，「那我要把它擦乾淨……」晨曦用手搓著鞋上的泥。

「這樣手會疼的……來，我們進去屋裡，我幫妳把高跟鞋擦乾淨好不好？」

晨曦對我點頭，我牽著她走進了屋裡，背後聽到木門沉重的關起，就如晨曦腳步般沉重，一種潛意識的致命壓力——

我將她的高跟鞋給處理乾淨了，走到客廳拿給晨曦看……她睡著了，很像躺在沙發上的睡美人，可能昨天熬了夜吧，疲倦的身體還是得休息。

我替她蓋上了被子，將遮蓋她眼睛的頭髮給撥至一邊，露出的小臉蛋睡得很沉。

我決定拿起指甲刀為她修剪出好看的形狀，她的指甲長得很快，太長容易斷裂……

「尹晨曦，妳這個笨女人，妳該要好好的生活，要把自己打理好我才不會擔心……」

我不知道是她聽到我的話而有感覺？還是因為她夢見了什麼使她難過的事情，閉著的眼睛順流出柔濕的淚，悽灰的訊息有傷痕、黑影、燎灼的刑、深奧的毒……它侵蝕著珊瑚的美，堆積著欲毀滅船隻的冰山，那強厲的獨角怪獸快要成形，從深海的黑暗洞穴升起，將吃著奶的嬰孩吞食，又逞威風地把對對的戀人用岩漿熔化。你看見它那噁心的面容沒有，是可憎的、狂妄的，瞬間，它又換成大蛇的形體，出沒在快樂平安之地——

「李偉……」晨曦睜開了眼睛看我。

我在她身邊看著她超過兩小時，「妳要不要多睡一會兒？」我希望她在睡覺的時候可以得到心靈的平靜。

「不要了，我們今天不是要排練嗎？他們一定在等我們……」晨曦坐了起來，她看見了腳旁的高跟鞋。

「鞋子變得好乾淨……是你替我清理的？」

我點頭。

「謝謝。」晨曦對我微笑。

她彎著腰拿鞋可能看見了被我修剪好的指甲吧！

「你這麼會修女人的指甲，一定很有經驗吧？」她問。

「如果我有經驗，我就不會這麼不知所措了……」我搖頭。

「李偉，你在說什麼？」

「我說，請妳這位大小姐別再這樣欺負自己了，以後來找我就直接按門鈴，別一個人坐在外面……不然這樣吧，我打一副鑰匙給妳。」我對晨曦說。

「好，下次我來我一定按門鈴，別打鑰匙給我了，行嗎？」她跟我眨了眼睛。

她的情緒轉變得很快，是不是女人沒睡飽精神上會出問題啊？我想，我該要問問

佛洛伊德。

「尹小姐，我肚子現在很餓，如果妳還有良心的話，就該陪我去吃碗拉麵，以報答我為妳清理鞋子的辛勞。」我笑著說。

「好！我請你吃好不好，我肚子也餓了，吃完了拉麵我們再去吃冰淇淋！」她高興地說著。

「好，隨妳怎麼高興我們就這麼吃，吃完了可要好好的排練喔！」我拿起一件外套給她。

「好。」她點著頭。

「這外套要給我穿的啊？」

「對，從今天開始，妳尹晨曦要聽我的話，不可以不吃東西，不可以生病。還有，一定要睡覺！否則我肯定要被妳折磨死！」我幫她拉起外套的拉鍊。

「是，團長！」她向我敬禮，動作很可愛。

她能一直這樣就好了，笑容可以削弱枯竭的死氣，抑制悲啼迷惘的想，緊抓著當下的贏。

劇場屋很有生氣，我看見Mark、梁季矣很細心地教著晨曦如何發聲。

「雖然不是說相聲……但有些咬字還是要用力，對白才能準確地說出，觀眾也才能聽得清楚……」Mark很希望朋友的妹妹能成為劇場的明日之星。

「肢體很重要，尤其表演者的肢體最需要訓練，我們平常說話的時候都有情緒會帶動眼神或手部動作來加強感覺，使傾聽者更能感受到妳的情緒，當然要呈現劇本的故事表現也是如此，觀眾就是妳的傾聽者……」梁季矣是我們團裡的舞蹈老師，雖然現在她在外面的舞蹈社有兼一些課程教舞，但她還是把重心放在我們團裡。她這麼詳細地對晨曦解說，晨曦是很感興趣的。

晨曦有表演的天賦，只要稍加訓練她便有更好的表現，錦修和其他考進劇團的新演員說明成團的歷史，以及離公演前的排練時間共要花下多少天數，Tim則在一旁打著電話，好像跟老婆在通電話。

現在的我看到這樣的情形覺得很棒，我就是喜歡享受這樣的過程，大家在共同為一件事情而努力，會很辛苦這是可以預見的事，劇團人就是喜歡這種辛苦的過程。

我們的海報設計已經好了，預售票也將要開始賣了，現在就只能祈禱晨曦趕緊忘記阿若這個人，因為女主角絕對不能換人。

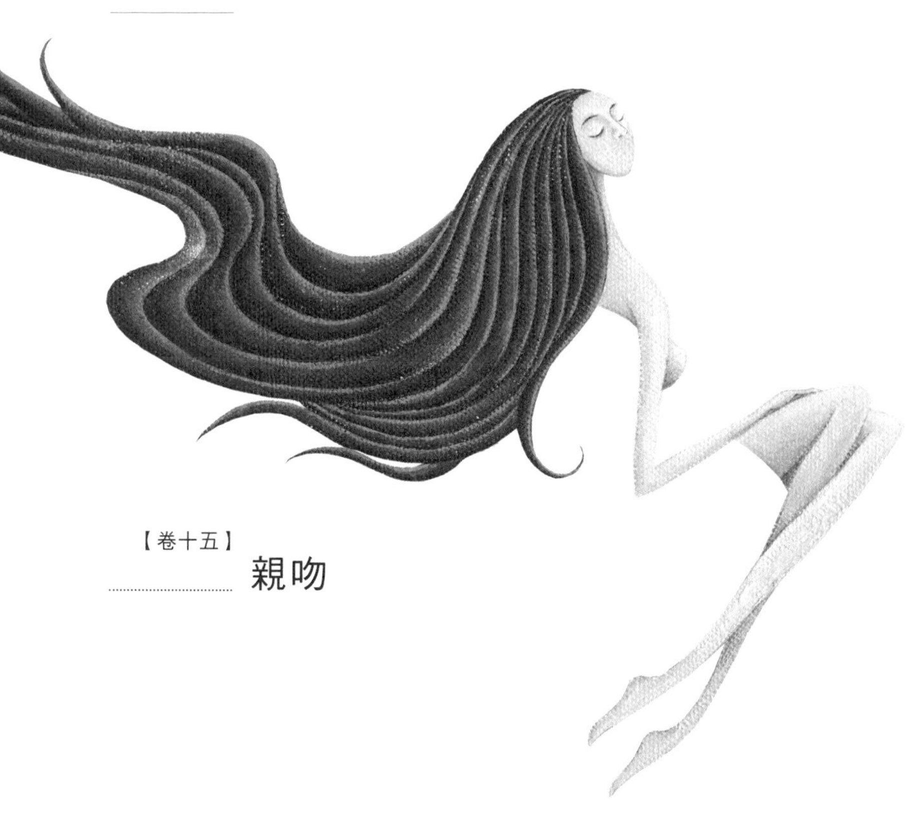

【卷十五】

親吻

這並非是空幻的春夢，切切實實地如昏醉般的激震……
我的心靈大膽奔放，已不畏懼，盡情的吸取她髮上的香氣，
盪漾起靜湖的水波，搖擺著綠樹的葉兒，我迷戀著愛情的痴傻，
從見她第一眼那時起，我便迷戀著這樣的痴傻——

臉上打了粉底，再用密粉定妝，眼影、眼線、眉筆、睫毛膏、口紅把晨曦的臉打點好了。搭娜絲的妝很純樸，但必須突顯眼睛的部分，那是伶俐的神韻。我看到了晨曦就看到了搭娜絲，她畫好妝走到我面前。

「拉索。」她喚我劇中的名字。

「緊張嗎？」我問她。

「緊張當然會啦，這是我第一次登台演出耶，緊張得不得了呢！」晨曦笑著，酒窩還是很明顯。

「不要那麼緊張，我就在旁邊，如果忘了台詞就自己編，千萬別傻在台上。」我對她說著。

「好……聽說座無虛席耶，可見我們的李偉多有名啊，票賣光光喔！」晨曦很替我高興。

「票賣光光壓力就大了，我們更要好好表現！」我拍拍晨曦的小臉蛋，好久她都沒有提起阿若的名字，希望她別再掛念了。

在後台就能感覺到台下觀眾的滿心期待，台上所有的一切已經準備好，只等大幕開啟。

音樂、燈光、佈景、道具都精心設計得很完美，演員把故事演活了，台下的觀眾掌聲如雷。我握著晨曦的手謝幕，所有的人為我們喝采，這時我能感覺到她激昂的情緒，就如同我一樣，這是我感動的時刻，也是天堂鳥獲得自由的時刻，晨曦的微笑就是我的最好鼓勵，我愛她——

我們演出的場次場場爆滿，並且一連加演了十場。這是我們劇團的榮耀，演員們興奮地在最後一場演出後收拾著行頭，嘴裡還忙著討論剛剛的情緒，邊說邊卸妝，準備到以楓的餐廳去參加慶功宴。會有種失落感也難免，曲終人散，戲總有落幕之時，大家的感情更顯深厚，期待下次的巨型公演。

「李偉，我跟他們先過去了！」Mark背起包包跟我說。

「好，叫他們先開動，他們一定餓了，我等晨曦，一下就過去了。」我要Mark和其他人先到餐廳。

因為晨曦還在卸妝，而且心裡有些話想告訴她，我想是時候了。

前台的工作人員差不多拆好了舞台佈景和燈光。我檢查著有沒有遺漏的事情還沒做，現在是空蕩蕩的劇院，好像還聽得到前四十分鐘觀眾的掌聲。

在觀眾席幾百張的椅子中央，我看見一個人坐在那裡……

「晨曦……」

我跳下舞台走入觀眾席，經過前十排的走道接近晨曦。

「妳坐在這裡做什麼？」我問她。

「沒有……我在想我剛剛在台上會是什麼樣子……現在坐在這裡感覺好不真實喔。你也坐下看你自己吧！」晨曦拉了我坐下。

「你看得到嗎？看得到你剛剛在台上的樣子嗎？」她問我。

我試著往台上看，想像剛剛的劇情，回憶拉索的戀情。

她總是有異於常人的行為……

「我看見搭娜絲在親吻拉索的唇……」

我轉過頭看著晨曦說，晨曦沒有避開我，她的臉向我靠近，慢慢地……緩緩地……在我的唇上親吻著。

「現在是晨曦吻著李偉……」她在我耳邊說。

「如果李偉可以把我抱緊那再好不過……」

晨曦主動地靠向我，要我將她好好抱緊，而我也不想放手。

我們倆牽著手走進了餐廳，以楓的臉上顯然是欣慰的表情，劇團的團員們驚訝地鼓掌。

「原來你們兩個是這麼回事啊！」Mark笑得很奸詐。

「我們是怎麼回事啊！」晨曦逗著Mark，還用手搔了他的癢。

我終於可以不用再提心吊膽了，阿若的事情也不用跟晨曦解釋了，就算她以後知

道了要怪我跟她哥沒和她說……我想她一定會諒解的。

真的，愛情是可以被創造的，現在我創造了自己的愛情，可以貼近我愛人的心，每分每秒都想緊抓著她——

那夜，晨曦喝了不少，還半瘋半真地向大家介紹著以楓：「各位，你們以後來餐廳用餐，我哥介川先生會給你們打折的！知道了嗎？他是我哥，衝我面子上他一定會給你們打折的！」

Mark也高興地站了起來，「沒錯，介川先生也是我的大學同學，能跟他們兄妹倆結識，我可是三生有幸啊！」

他說完了還向以楓舉杯，我看著以楓的笑容很尷尬，他真的沒有必要理會我們。

「這些日子各位辛苦了，每個人都表現得很好，我們場場演出都獲得好評，希望大家未來能再接再厲！我敬各位！」我乾掉整大杯啤酒。

「我們也敬團長！」錦修和大夥一起敬我。

從劇本排演到演出花了四個月的時間，代表阿若離開晨曦的身邊也差不多是這麼多的時間。晨曦生活得很正常，作息也是……到現在還不敢相信她接受了我的感情。

我跟她的認識說起來也是挺妙的，想不到這家餐廳的主人和她本來就有關係，這層關係直到今天才讓其他人知道。也許是晨曦突然間想要承認有這個哥哥了，或也許是……現在的她是情緒不穩的時候……

我房裡的床不再孤單，我真像拉索，而晨曦真像搭娜絲。

她雪白的肌膚透著潛潛的紅，是羞澀、是溫柔，雙唇緊貼著，雙眼緊閉著……

汗水，受了刺激的汗水，排出再排出……

喘聲，我聽見了我頸邊的喘聲。

我愛這個女人，所有的精力願意為她奉上！

這並非是空幻的春夢，切切實實地如昏醉般的激震……

我的心靈大膽而奔放，雙手早已不畏懼地放在搭娜絲的臀上，盡情地吸取她髮上的香氣。

盪漾起靜湖的水波，搖擺著綠樹的葉兒，我迷戀著愛情的痴傻，從見她第一眼那時起，我便迷戀著這樣的痴傻——

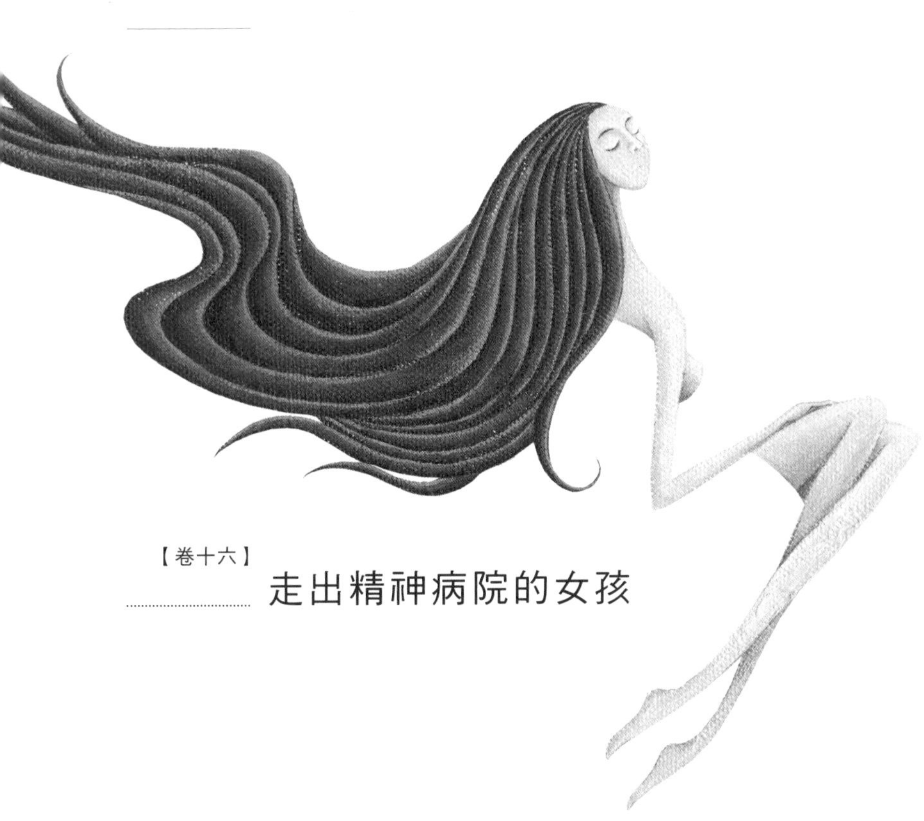

【卷十六】

走出精神病院的女孩

她是個很特別的女人，她的身軀撐起好大的超載壓力，
有天上墜落的隕石，還有曾被黑洞吸收的火箭殘骸，
最要不得的是……
她的雙腳被固定在地底深處，逃不了——

出門回來還看見晨曦躺在床上，她翻了身，眼睛微微張開，被單將她浮躁的身體給緊緊捆住。

「幾點啦……」

「兩點多了。」我將外套掛起。

「你剛剛出去啊？」

「嗯，見妳睡得熟所以沒叫妳。是不是因為這些日子太累了？」我坐到床上摸著她的臉蛋問。

「是啊……昨天終於可以沒有壓力地好好睡了。」

我覺得晨曦是個很特別的女人，感覺她的身軀撐起好大的超載壓力，有天上墜落的隕石，還有曾被黑洞吸收的火箭殘骸，最要不得的是她的雙腳被固定在地底深處，逃不了。

「你去哪裡啦？」

「我去買個東西……拿給妳看！」我將放在椅子上的手提紙袋拿到床上去，拿出紙袋裡的東西，「嗯，這是送給妳的。」

晨曦沒多大驚訝的表情，應該說沒任何表情……

她雙手拿著鞋盒，動也不動的盯著。

「打開來看啊！」我好希望她開心，尤其是拿她喜歡的東西讓她開心，我瞧她慢慢地將鞋蓋打開，一雙白色的高跟鞋在盒子的中央向她打招呼。

「這上面有一雙翅膀，妳猜在哪裡？」我問晨曦。

那雙高跟鞋是素面的，她輕摸著鞋子的車邊，「我知道這雙鞋……蝴蝶在右腳的鞋底。」晨曦對我說著。

「哎呀，真糟糕，難道妳已經有這雙鞋了？」

「沒有，我只是看過這雙鞋子而已……」晨曦語氣溫和。

「妳看過這雙鞋卻沒有買……難不成妳不喜歡？」我問，也很在意，這是我第一次買鞋子給女人，我要破除男人買鞋子給女人，為的是要女人離開身邊的迷信之說。

「我非常的喜歡這雙鞋，真的。」

晨曦怎麼又掉淚了呢？這不是我要的，我以為會讓她開心的。

「妳……」我不知道該怎麼問她，猜測一個人的想法或感覺有時候是很累的。

「對不起……我只是很感動，所以才哭的……」

如果是這樣那倒不打緊，好不容易睡飽的雙眼可能又會紅腫，是擔心拉扯著她哀傷的心過了頭。

「妳知道嗎？我看見那雙鞋子在櫥窗的時候就好像看見妳的雙腳已經踏在上面了，如果我的晨曦能穿上她，她就會是我的灰姑娘。」我將晨曦抱在懷中。

也許她又要用腦子裡的錯想來謀殺她自己。

「李偉，謝謝你。」她的聲音沒有不對，氣力也用得還好。

她從我懷中抽身，將這雙鞋子放在地上，兩腳輕輕地踩進了鞋子裡，「大小剛剛好……我的Size。」晨曦微笑的望著我。

「23.5，對嗎？」她點頭，知道我很細心，好像是幾個月前我替她清理沾了泥的鞋子時看見的號碼，晨曦站起來走了幾步路給我看。

「好看嗎？」

「當然好看。」

高跟鞋踏在地板上的聲音我已經習慣了，她走到音響旁，將蕭邦的音樂開得很大聲，她轉著圈，在我面前轉著圈，眼神朝我這裡看著。

「李偉，妳看我像不像神經病？」她突然停了下來要我回答這個不用思考的問題。

「不像，但是只要是人多少會有點神經質，妳我也不例外，因為我們都算是容易感傷的人。過來……別站在那裡。」我對她伸出手。

「李偉，我很喜歡握著你的手，很溫暖。」

她把手放在我的掌心上，握住她，要她到我身邊。

「可是……我媽媽好像不太喜歡我，她老把我當作怪胎在養……」

我疑惑地看著晨曦。

「這都怪介川先生，她把我媽的愛全都偷去了……」

「晨曦，別提這些事情吧，感覺妳並不喜歡想起過去的事。」若是感觸傷神的，莫

將愁苦又添上一樁吧。

「不，我得提，而且我要在介川先生的面前提！」晨曦好像又想到什麼了。

「不如這樣吧，晚上你幫我約介川先生，說我有事要跟他談，就晚上十點吧……叫他今天十點就打烊。」晨曦開始找著煙，她爬上床頭旁點起一根煙，她這樣說著，好像是要跟她哥哥攤牌的感覺。

如果她要選擇面對我也贊成，只是到底他們兄妹倆有什麼深仇大恨呢？

窗外的天色灰暗，隱約見到遠處的天界有閃電的浮動，小雨開始下起，滴滴答答地落著在地，背靠在床頭的晨曦抽著那根我未看過的香菸，一口接著一口，我懷疑是大麻——

晚上，雨下得好大，我把車子停在以楓餐廳的門口，店門的招牌燈已經暗了。

在車上我還是有點猶豫，「妳一個人下去嗎？」

「不，我要你跟我進去，現在只有你是最關心我的人，我的事情沒有什麼你不能知道的！」晨曦的眼堅定。

我將車子熄了火，撐了傘走過去替她開車門，握住她冰冷的手。

以楓弄了三杯熱茶，「下這麼大的雨喝點熱茶比較好。」以楓把一杯茶推到晨曦的前面。

「告訴我，媽的電話幾號？」晨曦的語氣很不客氣。

我看以楓的臉突然地沉了下來，我直覺氣氛很不對。

「介川以楓，你到底要折磨我多久！沈燕君不是你一個人的！」晨曦吼說著。

「晨曦，跟以楓好好的說……別這樣……」我勸著晨曦把情緒放穩。

「李偉，你知道你眼前的這個人是個偽君子嗎？道貌岸然！是個可惡的日本鬼子！」晨曦握著拳頭怒罵著以楓。

以楓沒有回應。

「晨曦，走，我們回去。」我站了起來伸手牽著晨曦，她現在的情況根本沒有辦法好好地談事情。

「以楓，我看我們過幾天再說吧！」我拉開了椅子，牽著晨曦走到門口，卻聽見以楓哭泣的聲音。

我想我的女人也聽到了吧……晨曦掙開我的手，快步地走到以楓面前，拿起桌上的熱茶潑到以楓的身上。

「你哭什麼！」

晨曦激動地打著以楓，雙手用力地敲打著以楓的頭。

「晨曦……」我跑過去將晨曦拉開，她怎麼可以做出這樣的事情，而且以楓始終不還手。

「以楓！你們到底是怎麼回事！」我大聲地問著。

很不願意看著一個大男人在我面前哭得這麼悲慘，尤其當晨曦還硬要過去打介川先生的時候，我想任何人都會驚愕而無法處理。

「臭日本！告訴我，我媽她倒底在哪裡……」晨曦一副快要崩潰的樣子，眼淚不停地流著。

她的臉又朝向我哀求，「李偉……這個臭日本跟你很好，你問他……你幫我問他好不好？問他我媽媽到底在哪裡？」晨曦兩手抓痛了我。

「以楓，你就跟她說你母親現在在哪裡不就好了嗎？」我抱住晨曦，現在的我有些恐懼。

「我……我不能說……」以楓站起對晨曦回應，他終於說話了。

晨曦的瞳孔怒視，掙脫了我跑到櫃檯拿起一把水果刀。

「尹晨曦！」我大聲地叫她的名字。

「你不告訴我，我就死給你看！」晨曦迅速地把水果刀架在脖子上，我的心臟快要跳出來了。

「介川以楓……我拜託你告訴晨曦你母親現在在哪裡……如果晨曦發生什麼事，我一定不會放過你！」我的身體在發抖，不敢想像下一刻會發生的事情。

「晨曦……妳把刀子放下，我會跟妳說。」以楓鎮定地對晨曦說。

我也趕緊轉頭對晨曦勸著：「晨曦，來，把刀子放下……以楓會告訴妳……」

我慢慢地走到晨曦旁邊，輕輕地把手放在她的肩上，脫開她手中的那把刀。

晨曦這時好像出了神，嘴裡開始唸說著，「李偉……我不能太晚回家，不然我媽又生氣了，她說我是怪胎……我不知道哪裡不好……我一直想要問她晨曦到底哪裡做錯了，為什麼她只喜歡哥哥不喜歡晨曦……」

「天啊……」以楓看著晨曦發出驚訝的語氣。

「哥，對不起……我剛剛又發脾氣了……你不能跟媽說，媽她又會罵我是怪胎。」

晨曦忽然笑了起來，還緊緊地抱著我。

「阿若，你陪我回家好不好？我一個人會害怕……」

她剛剛叫我什麼？我愣了，我顯得倉皇。

「我好累……好想睡覺……」晨曦突然地倒了下來……

以楓幫著我將幾把椅子湊在一起，我把晨曦抱上去，給她蓋上外套。

我跟以楓疲憊地看著晨曦。

「對不起……一直瞞著你。」以楓搖搖頭。

「晨曦以前住過精神病院一陣子，以為她用藥物治療後已經好了，可以正常地生活了，沒想到……有些事情她還是刻意地想記起來，結果又把自己給逼回去了……」

「為什麼不早點告訴我？也許我知道了還能避免一些事情發生。」我對以楓責怪地說著。

一個好好的女人不可能突然之間會瘋掉，以楓到現在還保留著秘密，我心理實在很不高興。

「我覺得你有點在利用我，可以讓你自己好過一點，我說對了嗎？」我問以楓。

「我不否認我有這樣自私的心態……可是，也只有你能讓晨曦信任，我看見晨曦跟你在一起的時候很開心，所以我想你是真的愛她，你關心她，所以晨曦能感受到……因為她很脆弱，也很敏感，一個人對她好不好她都知道……」以楓的話很不明確，如果他了解晨曦，卻為什麼又要讓晨曦那麼痛苦呢？

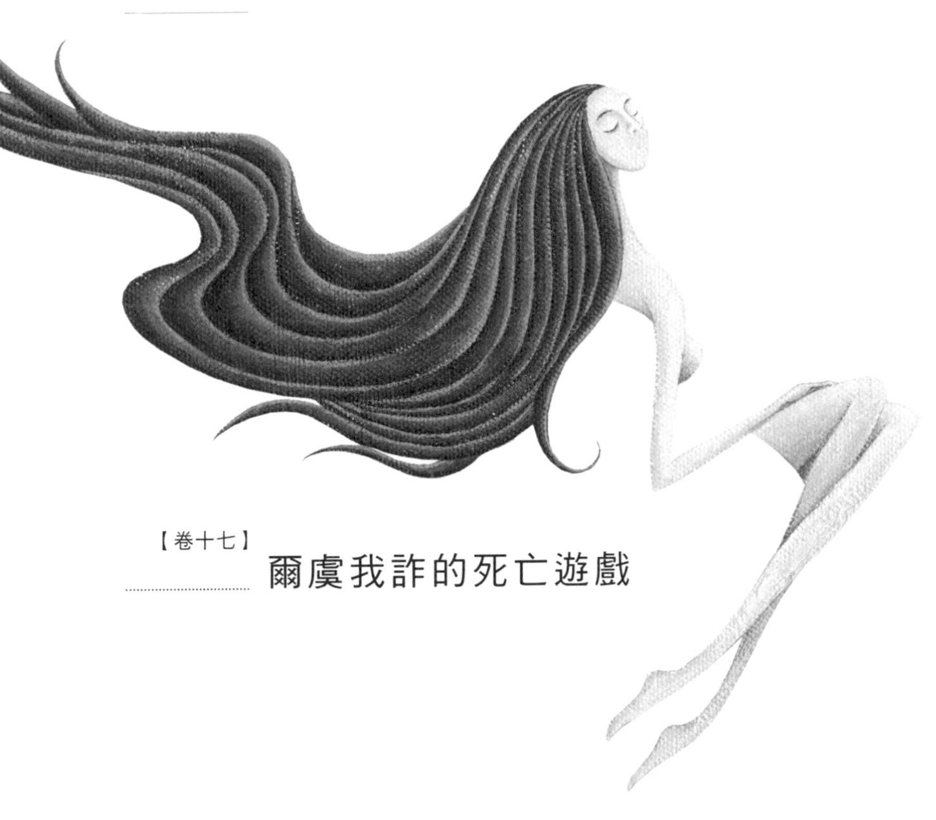

【卷十七】

爾虞我詐的死亡遊戲

我聽到竊竊私語的魔鬼聲音，一直不停穿梭在整個空間裡，
活脫是真實人生所要面對的掙扎、醜陋，
我不想折衷在其間，
有的沒有的，錯的對的，搞糊塗了靈活的腦袋，弄擰了純淨的心靈，
我的頭怎麼樣都甩不掉嘎嘎作響的鞋跟聲音……
我的個體開始分裂——

凌晨兩點多，以楓陪我將晨曦送回我的住處。溫暖的被窩裡，那個睡美人的身旁裹著好多謊言。介川以楓在羞辱我的心智，我聽到竊竊私語的魔鬼聲音，一直不停穿梭在整個空間裡，羅生門的故事不斷地在上演，沒有黑澤明試探人性的慾望，活脫是真實人生所要面對的掙扎、醜陋。我不想折衷在期間，有的沒有的，錯的對的，能不能不要這麼的交錯，搞糊塗了靈活的腦袋，弄擰了純淨的心靈，我的頭怎麼樣都甩不掉嘎嘎作響的鞋跟聲音……我的個體開始分裂，到底我是李偉還是阿若？

以楓坐在客廳的沙發上等我，我們還有事要談。

「我現在該怎麼做？」我問以楓。

「你可以選擇離開……我會帶晨曦走的。」

以楓以為他是誰，竟敢這麼說。

「我對晨曦有責任，雖然……也許她把我當作是阿若，我愛她，決不會選擇最錯誤的路走！」

「你現在是這麼認定自己的心，當初阿若也是這樣……可是晨曦太不穩定，沒有一個男人會受得了的。」以楓現在完全是個懦夫的樣子，自以為是的把我跟阿若視為同一種人。

「好，那你得告訴我原因，是什麼原因讓晨曦變成這樣？只要把原因找出來，我想晨曦會跟正常人一樣，過正常的生活！」我開始對以楓不客氣了。

「原因……在我。」以楓將頭抬起正視著我。

「那跟你母親也有關係？」我問。

「沒錯，是跟她有關係。……我媽是個很好的女人，長得很漂亮，看晨曦就知道了，她跟我媽長得很像……我媽她很愛我爸爸，瘋狂的戀情讓她很快地嫁給了我爸爸，只是我爸不專情而導致我媽傷心的回到台灣改嫁相親的對象，也就是晨曦的父親……」

以楓拿著菸繼續說著故事，「所以在她的心裡一直沒法將我爸給放下，因此她決定從前夫的家裡把我接回台灣……」

我想重點應該是從這裡開始的吧，我開始發現以楓不安的神情有恐懼的透露。

「也許是一種迷戀……也許是母親對兒子應有的照顧吧，第一次我在浴室洗澡的時候，她走進來替我擦背……我整個人都愣住了，她一絲不掛……」

我聽到這裡不知道是該遮掩我的耳朵，還是要叫以楓閉嘴？

「一次、兩次……她常常這樣，我也就習慣，而且無法拒絕……我們這樣的生活過了幾年，兩個人也都很有默契……只是有一天，我們以為晨曦去上課了……她闖進了房間，看見不該看的事情……晨曦嚇得大叫……好大聲……她整個人受到了打擊……」

從那天起晨曦的精神狀況就有問題，而她的母親，竟以欺騙的方式，利用晨曦的精神分裂去改造晨曦的記憶，不停地在晨曦的面前辱罵晨曦，說她是怪胎，說她是瘋子……

所以，晨曦再也分辨不出什麼是真？什麼是假？只以為自己的母親不喜歡她，只以為自己做錯了什麼事……

而那一幕，她所看見的那一幕一直隱藏在她最底層的記憶裡，不是忘了，而是沒有被挑起。

以楓心疼妹妹，要母親別這麼對待晨曦，最後以楓的母親也漸漸瘋了，把自己愛上前夫兒子的事情告訴了晨曦的父親。

真相大白，晨曦受到的傷害，她父親要沈燕君負責，一把火燒掉了沈燕君，再引火自焚，家破人亡，亂倫下的悲劇蟄伏在世界的一角——

「我不能讓晨曦知道我媽死了……不然她又會以為是她的錯……」

「那個別墅……在你餐廳後街的那棟別墅，是不是你們以前住的地方？」我想著問以楓。

「你怎麼知道？」以楓很驚訝地看著我。

我不想再跟他多說什麼，現在的我可能比以楓還要知道事實的真相。

「好吧，你趕快回去休息吧，我想晨曦不能再跟你見面了。」這是我替晨曦所下的決定。

以楓離開後，我知道房裡的那個女人並沒有睡著，而她的意識相當的清楚，她並沒有瘋，知道自己在做什麼，否則她不會站在別墅前還這麼鎮定。

我知道她安排了整個謀殺事件，只是犧牲者是她的父親，利用她父親對她的愛來謀殺她的母親——她恨一個人就得要那個人消失；現在還有一個人還存在，她就必須要繼續玩下去，介川以楓是她的目標，而我就是另一個犧牲者——

雷聲響徹整個街道，爾虞我詐的黑暗城市看誰才是最後贏家？

晨曦早已輸在起跑點，如果不接受現在的事實，就會身陷嗜血的遊戲當中，下注的價碼越來越高，跟死亡之靈玩遊戲，她不會是贏家，所交換的條件就是活生生的氣息，我見她已然上癮——

晨曦開了房門走出來，她看著我動也不動地就站在那裡。

「妳肚子會不會餓？」我對她的心依舊，沒法子討厭她。

「會，我想吃炒飯。」

「那我去給妳弄。」我從沙發上站了起來。

「不要……你不是也沒吃飯嗎？我去弄，我們一起吃。」她真的走進了廚房，像個正常人一樣炒了兩盤飯出來。

「妳的手藝還不錯，如果能天天吃到妳做的菜，那我一定很幸福。」我對她笑著，假裝不知道任何事情。

「可是我也只會炒飯而已，如果天天都吃同樣的東西，你還會覺得幸福嗎？」

「當然。」她聽到我的回答笑了起來，將頭髮掰至耳後，安靜地吃著炒飯，嚼了幾口又停了下來。

「剛剛……很對不起，我跟我哥的事情鬧成這樣……雖然要不到我媽的電話，我想就算了吧，我也不想再見到他們了。」晨曦用湯匙舀起炒飯往嘴裡送，表現得很好，以為我完全不知道她在想什麼。

「你知道嗎？今天你送我的那雙高跟鞋是我的一種等待……」我看了晨曦一眼，沒把她的話放在心上，繼續吃著我的飯。

「等待一個真正愛我的人送我一雙純淨潔白的高跟鞋，然後，我就可以穿上它走進禮堂。」她放下湯匙抿了抿嘴，「我的幸福就會來臨。」她說完了這句話又拿起湯匙和著眼淚嚥了一口飯。

我沒有給她什麼話，飯當然也吃不下了……

雨怎麼還是下得那麼大。

「我可以繼續陪妳，跟妳一起把蝴蝶給蒐集起來嗎？」她搖頭，一直在搖頭，那是她哭泣拒絕我的答案嗎？

她摀住哭聲站起來走出大門，我呆了幾秒才追去找她……

下著雨，我跟她都成了瘋子，她連鞋子都沒穿。

「晨曦……」我喚她。

她站住了，不敢轉過身來看我，她好像覺得自己做錯了什麼事般這樣虐待自己，我們全身都溼透了。

「不要走……」我快要不行了，我怎麼會那麼愛她？是什麼時候開始愛她的？

她的腳步繼續往前踩，如果放她走了，可能她永遠無法走出困惑陰霾。

我必須要救她走出陷阱，我起勁地跑著，跑到她面前抓住她、抱住她、吻著她……

直到世界末了——

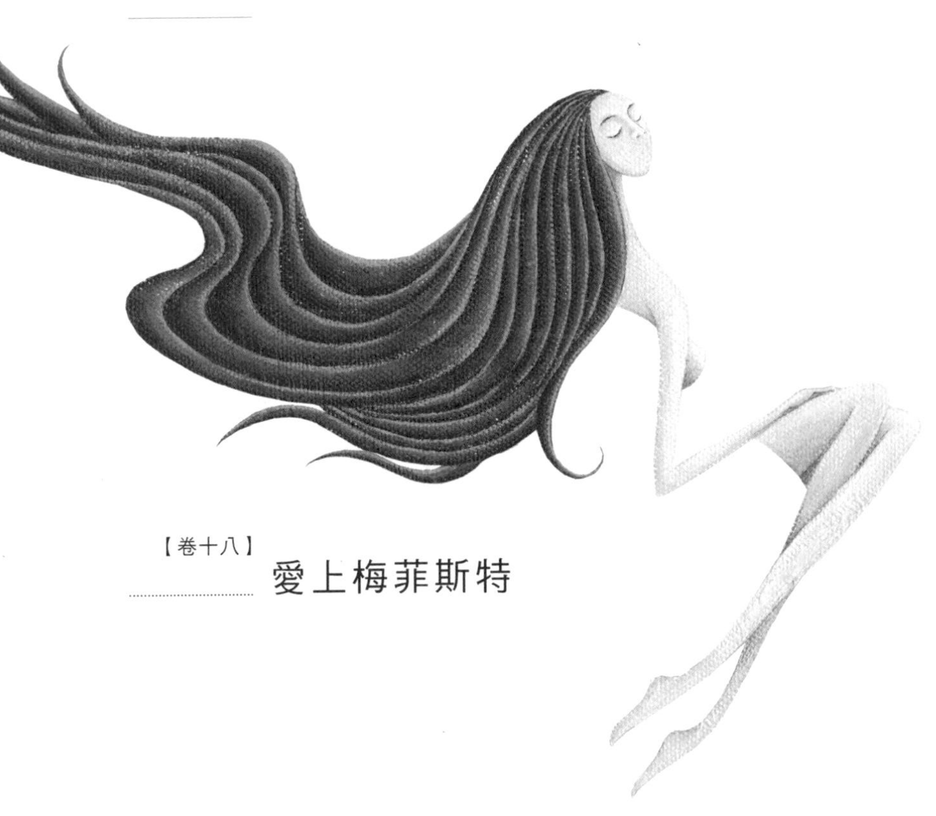

【卷十八】

愛上梅菲斯特

在天堂鳥的國度裡有明亮的色彩，
轉瞬間，人間有鋼鐵所打造的窟洞，一層壓著一層，
住在這裡的人，臉上都是懷著憎惡的表情——

紅燈禁止了所有人橫越馬路的權利，一部部的汽機車在等待的行人面前馳騁而過。綠燈一亮，衣晴跟著這群踩踏斑馬的人們到了對街，她腦子現在還停留著李偉跟她說故事的最後一個畫面。

對衣晴而言，故事並沒有結束，可是李偉卻不再繼續說下去。

衣晴走進了居住的大樓，照慣例走到電梯前按著往上的箭頭按鈕，等了等……始終沒有動靜。

「這電梯又怎麼了？」衣晴不想再等而決定走樓梯，多不情願的感覺，尤其現在腦袋空空的，要她踏著階梯一步步往上踩的感覺多不真實啊，好擔心落了空，跌得碎骨，沒了全屍。

到了三樓看到了兩個搬運工正在把一組黃色沙發給搬進簡昕的屋裡，才知道電梯為什麼不下樓的原因。

「楊小姐，對不起讓妳走樓梯……」簡昕閃過那兩個人走出來。

「喔，沒關係。」衣晴和簡昕點了頭，原本準備往上走的她看見很多紙箱在電梯門口，「妳需要幫忙嗎？」衣晴問了簡昕。

她現在想出點力，也許看起來不會那麼沒精神。

「好啊！」簡昕聽了說好，本來還在想自己要怎麼把所有東西推進屋子裡的，結果遇上了熱心的衣晴，這是最好的辦法了。

搬運沙發的工人離開後，電梯也順利地繼續運作，衣晴和簡昕兩個人把裝滿書本的紙箱合力抬起搬進屋內。

「擺在沙發旁就可以了。」簡昕指示著衣晴動作。

這是衣晴第一次來到這裡，很欣賞屋內的設計。

「哇，妳的家好漂亮喔！」

依著羅馬窗簾旁的壁紙走，復古的立式檯燈和書桌與暗色的木製地板很搭調。

「謝謝誇獎，不過也沒什麼裝潢……就隨便把家具給擺了擺……」

簡昕倒了杯水給衣晴喝，「來，喝點水。」

「謝謝。」

她們坐到新買的沙發上，衣晴搖晃了兩下，「這沙發好軟喔，真舒服耶！」

「喔，我也這麼覺得，就是因為它坐起來舒服，才把它買下來的。」簡昕右腳和左腳交叉自然擺放，整個人看上去好有氣質。

「聽說妳是心理醫生啊？」衣晴問。

「對啊。」簡昕笑著回答。

「妳看起來好年輕就自己開業……真不簡單。」衣晴探露出崇拜又羨慕的眼神。

「也沒什麼……本來就是學這個的……而且對人類的心理很感興趣，所以才決定自己開業的。不過台灣不太流行找私人的心理醫生……所以我的客人並不多。」

「這樣真的很難生存吧？」衣晴很了解這樣的狀況，好像在貧瘠之地開墾拓荒般地辛苦。

「我喜歡有挑戰的生活，喜歡接觸各種人，雖然生存不易，但卻是一個值得投資的事業。」簡昕說話的時候都會有些含義在其中。

「妳的眼神看起來很焦慮，好像有心事？」簡昕問衣晴，她愣了下。

「對不起，我的職業病又來了，我不是要去探知妳的隱私……」

「沒關係……我能了解。」

衣晴看了看錶，「時間不早了我先上去了，我們有空再聊。」衣晴站了起來，將包包背上。

「有什麼事情需要我幫忙的妳也要開口喔，今天還真多虧了妳的幫忙！」簡昕跟衣晴握著手。

「好。」衣晴走進了這麼陌生又感覺溫馨的地方，讓她原本焦慮的心似乎又平復了過來，直到那扇門關起，她還不知道自己為什麼會感到自在而沒有壓迫感。

人跟人之間的相遇是多奇妙，也許有如拉索遇到搭娜絲那樣的奇妙，人類和天堂鳥的愛情不可思議卻也無法抗拒地發生在這世界上。

衣晴開始回想當初在劇院看到的感動是什麼……

的確是搭娜絲親吻著拉索的那一幕，有如童話，一想到李偉和晨曦……整個身體就昏沉沉，像永遠走不到五樓般的疲累。

衣晴感到自己的心著了魔，是這幾個禮拜聽李偉說故事所造成的吧，筆記本寫了三分之二了，自己的心情卻是越來越沉重，心裡有股酸痛感，好像故事是發生在她身上一樣。

「為什麼我會那麼難過……好難過……」衣晴在階梯口哭了起來，離五樓還有四個階梯，她很難撐住身體把它走完。

剛好準備出門的Sandy見著坐在階梯上哭泣的衣晴，她趕緊放下了攝影機和身上的大包包，蹲下去看著衣晴。

「衣晴妳怎麼了?」Sandy搖著衣晴，她一副快要昏過去的感覺，她摸了摸衣晴的額頭，燙得很，Sandy將衣晴扶進房裡，讓她吃了一顆退燒藥後才離開。

衣晴始終看不見晨曦的臉，在天堂鳥的國度裡有明亮的色彩。轉瞬間，人間有鋼鐵所打造的窟洞，一層壓著一層，住在這裡的人，臉上都是懷著憎惡的表情。吃著死去發臭的野貓，一隻接著一隻，很過癮……

一個好看的女人卻選擇穿著高跟鞋踩著灌入蠍子毒液的濕泥土地，這是什麼道理……舉槍自盡的、喝毒藥的、自焚的、跳樓的、用刀子戳瞎自己眼睛的全都聚在一塊啃食貓皮，跟著那個穿高跟鞋的女人走，她在做什麼？

她脫下了唯一可以裹住性器官的薄紗，開始從她身體上的毛細孔排出致命又噁心的分泌液體，那群裸著身體的男人從地底鑽了出來，開始吸食她所排出的體液，她哈哈地大笑著，看起來很享受……

衣晴的冷汗溼透了背，她下了床打開燈，跑進廚房灌著開水。

在浴室裡，衣晴淋了熱水澡，她覺得自己越來越不對勁。

「尹晨曦……她的人現在在哪裡？」

衣晴覺得自己像是被催眠過，那個夢好像是真的……

自李偉跟她說故事的那天起，衣晴每晚都睡不好，失眠已是這兩個禮拜經常有的

現象，而李偉的男性體味卻是她所懷念的。

「怎麼辦？我會開始想李偉……」衣晴靠著水龍頭下的壁面，熱水讓她逐漸清醒，她害怕回想起這幾次的經驗，她愛上了李偉跟她做愛的感覺。

「我怎麼可以做出這樣的事情……是他先開始的……不是我……」衣晴為自己所做的事情找著可以脫罪給對方的藉口，卻又想著跟李偉接吻好特別……

就在那張書桌上，他們的情不自禁開始綑綁著彼此。

「他真是梅菲斯特……我的梅菲斯特……」

沒有掙扎，哪來享受罪惡的快感。

衣晴摸著自己的雙頰，很陶醉在想像梅菲斯特佔有她的那種感覺，她漸漸地聽到天使合唱的聲音，歌誦一種甘美，卻營造出一種岌岌可危的氛圍……

有人在外面敲著門，切割掉了種種詭異的畫面——

她圍了浴巾走出去，門外李偉在守候著，她讓他進了門，她直覺是錯誤的動作。

「你不該來這裡，我擔心Sandy馬上會回來。」衣晴背對著李偉。

「妳難道不想知道故事的結局？」李偉摸著衣晴的肩膀。

衣晴緊抓住浴巾，「我們不可以再這樣……」

李偉將衣晴轉過身，拉開衣晴的浴巾，瘋狂地吻著衣晴——

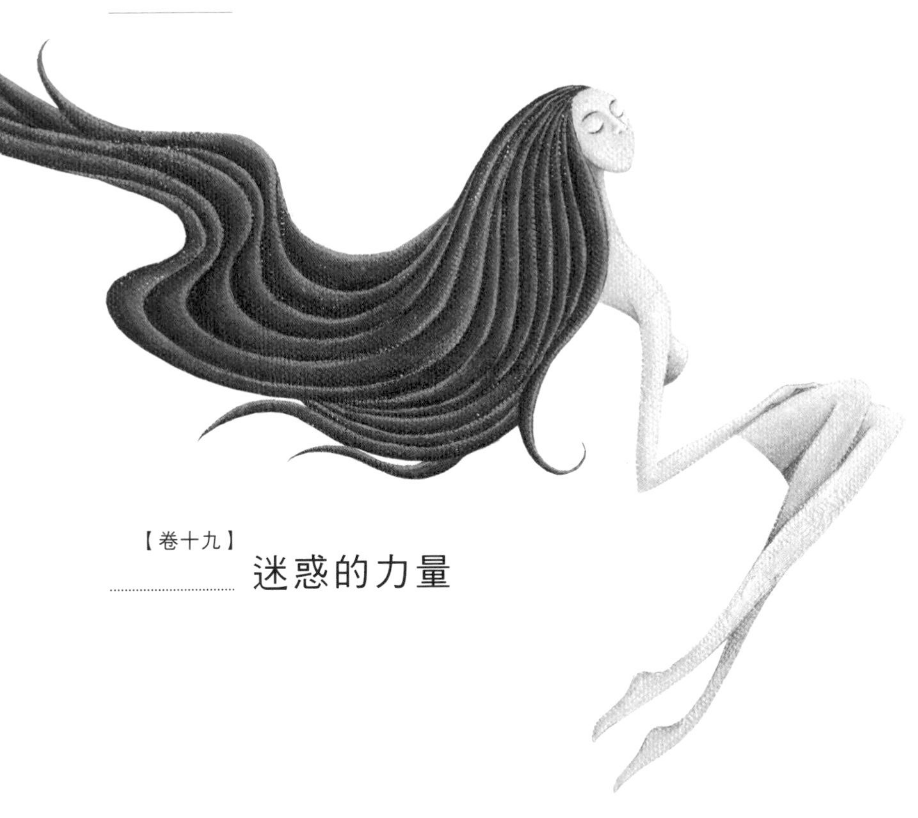

【卷十九】

迷惑的力量

這世界上還有另一種『迷惑的力量』，
不是可以用智商或判斷力去分辨的，
一個男人會和一個女人上床，不正是迷戀的激情所引發的嗎？
誘發點有時只是一種味道，例如髮香……
有時候是一個微笑，或是一個碰觸——

第二天晚上，衣晴來到了宇彬的住處，宇彬不在家，房子空蕩而安靜。她已經厭煩看見牆上所掛的畫了，還有桌上的一堆明信片，都是那個女畫家畫的。衣晴生氣地將明信片一張張丟進了垃圾桶裡，發現在明信片堆裡夾著一張邀請函，是那個畫家開畫展的邀請函，時間就是今天。衣晴決定自己跑去這間畫廊，看看那個女畫家到底是何方人物！

衣晴搭了計程車來到了中山北路邀請函上面所註明的地址，她走進一看，畫廊裡來了不少重量級的人物，每個人也都盛裝出席。

衣晴問著招待人員陳詩音畫家在哪裡，服務人員指著轉彎角的樓梯。

「她應該在樓上吧，跟客戶在談事情。」

「謝謝。」衣晴慢慢地走上了樓梯，最近她老是爬著階梯。

在二樓的陽台，就在衣晴的眼前，有一對背向著她的男女正靠著欄杆在聊天，他們靠得很近，肩挨著肩。

那個女生染了紅色的頭髮，長度差不多到耳垂下，身高大概有一六七，裙子相當迷你。還穿了一雙很高的高跟鞋，一腳膝蓋還前屈著靠緊另一腳，一副騷樣挑逗著站在旁邊的宇彬，宇彬遊移的視線察覺到了旁邊有人。

「衣晴……」宇彬看起來很驚訝。

「妳怎麼會在這裡？」宇彬馬上向前走了兩步，刻意跟陳詩音保持距離。

「我為什麼不能來？」衣晴的臉都是憤怒的情緒。

「她是？」陳詩音的眼神也是疑惑，等了半會兒看見宇彬不說話而慌了神色的感覺，陳詩音多少也猜得出來是怎麼回事。

「你是個男人的話就自己看著辦，這是我的地盤，今天是我重要的日子，千萬別給我鬧事情，我可不想給記者添新聞。」陳詩音拿著紅酒坐了下來，一副事不關己的樣子，她瞧看衣晴和宇彬會怎樣，很高傲。

「不用他來為難，我走了。」衣晴轉過身去扳著扶手走下樓。

一腳追著一腳，好快。

「衣晴……」宇彬追著她，眉頭鎖得緊，好害怕自己一瞬間會失去僅有的愛情而揪著胸口。

他衝出了門口到了馬路邊擋在衣晴的前面。

「你要說什麼？」衣晴很冷靜地問著宇彬。

「對不起……」宇彬雙唇抖著說出這三個字。

「你不用跟我對不起，因為我也這樣對你。」衣晴說這句話的時候心頭很悶澀，帶點酸痛。

宇彬難以相信地看著衣晴，他傻了。

「妳不可能的……」宇彬突然間感到很憤怒，心中一股氣直冒而上。

「我為什麼不可能……因為我是你的乖寶寶，是你所認為的乖學生?所以我不會做出對不起你的事情？」衣晴問著紅了眼的宇彬。

他氣得說不出話來。

「怎麼啦?我現在不乖了，不是你想像中的那麼好，你還要跟我結婚嗎？」衣晴嚥著口水問。

「妳在騙我……」宇彬抓住衣晴的手臂。

「放開！」

衣晴感到很難堪，不僅是對她或是對宇彬，都有同樣的感覺，卑鄙自殘而無力。

衣晴用力推開宇彬，繼續往前走，她很不想再見到這個令他傷心的男人，可她也沒有權利管他……本來是有資格的，可是弄到這步田地，她自己也不知道如何收拾。

「我愛妳，楊衣晴，我愛妳……」

衣晴停了下來，崩潰地哭了出來。

「我知道你愛我……可是我沒辦法愛你。」衣晴直接了當的感覺令她脫口而出。

宇彬還是焦急地想解釋、想挽回，「再給我一次機會，我不會再這樣了……我跟她只是一時衝動而已……我愛的人是妳啊。」

路上的人看見他們莫不閃開漠視，衣晴的腳不會再停下，那個站在陽台上看好戲的女人輕啜了一口紅酒，眼睜睜看著樓下男人的悲哀——

衣晴不知道要去哪裡，她按著簡昕家的門鈴，感覺很狼狽。

「楊小姐……」

簡昕開了門，沒多問地牽著衣晴進屋裡。

「來，妳到沙發上躺下，我去拿被子給妳蓋。」

衣晴放下了包包，很聽話地躺在沙發上，蓋好簡昕所拿的被子，她真的很溫柔。

「我突然間覺得自己沒有地方去……妳說過需要妳幫忙的時候我可以來找妳。」衣晴看著天花板，嘴裡說了一些話。

簡昕猜測出來她是在情感上有著迷惑，她沖泡了兩杯即溶咖啡，先拿到桌上去給衣晴。

「我不會煮咖啡，將就著喝吧。」

衣晴坐了起來喝了口咖啡，她把腳給縮到沙發上。

「我該怎麼辦……」

衣晴覺得胃裡滾動著廚餘的殘渣，而且是發了臭加著酸的東西。

「我早就知道宇彬在外面有女人了，我竟然還一直欺騙自己要信任他，為什麼他在腳踏兩條船的同時，還可以向我求婚呢？我真的不懂。」衣晴曾經找出許多替宇彬合理化的答案，有人曾說『懷疑』是謀殺愛情的武器，有人曾說『猜忌』是掠奪信任的毒液，所以衣晴盡量避免讓猜忌和懷疑來破壞她的感情生活，但那也只是一種自欺欺人的做法，因為很多真相的揭發都是靠一種敏銳的感覺，不看、不聽你也會知道。

「這世界上還有另一種『迷惑的力量』，不是可以用智商或判斷力去分辨的，一個男人會和一個女人上床，不正是迷戀的激情所引發的嗎？」簡昕將咖啡端起來喝了一口，她整個氣質看起來都是華貴而不矯作的。

衣晴在短暫時刻裡起了思考，「難道是我沒有魅力嗎？」否定自己有時候會讓衣晴把壓抑的自卑感給提升起來。

簡昕納悶地看著衣晴，「妳認為妳自己沒有魅力嗎？」

衣晴皺了皺眉沒有回答。

「激情的誘發點有時只是一種味道，例如：髮香……有時候是一個微笑，或是一個

碰觸，如果你男朋友認為妳沒有魅力的話，怎麼會跟妳在一起呢？妳自己可以想想當初是怎麼跟妳男朋友在一起的？」簡昕的語氣是要衣晴刻意地去回想起和宇彬認識的記憶。

「我自己都不知道我是哪裡吸引宇彬的……我去國外找Sandy玩才認識他的……自己只是一個還在唸書的學生而已，沒什麼特別的。」衣晴看著杵在那裡的復古檯燈，想著自己已是舊式的東西了。

「妳男朋友叫宇彬……我想宇彬應該是一個容易被新事物牽引著走的人，而且可能是一種習慣……有週期性的循環，對女人比較沒有把持力，我猜想他認識的其他女人一定跟妳很不一樣，我指的是整個型體氣質，而妳跟那個女人也一定有某些相同的質感，因為只要是人都會在不同的人事物上找尋相同的習慣，那會讓他有一種飽足的安全感。」

簡昕的話是這般地有道理，也是這般地殘忍真誠，那對於自己內心的那份安全感追求，是不是也給了李偉。

衣晴很矛盾，李偉對他並沒有很顯眼的舉動，內心所爆出的冷汗會不會是自己的罪惡感所造成的，衣晴是這樣地想自己。

「妳不需要去感到愧欠任何人，有時候男人是自作自受的！」簡昕的眼睛突地銳利地看著窗外。

羅馬窗簾拉起的時候，外面黑暗又更加的清晰，有黑貓在屋頂上徘徊，牠的眼神在暗示妳享受犯罪後的樂果。

「妳的意思是就算我現在愛上別人也無罪嗎？」衣晴站了起來走到窗口去看著對街屋頂上的黑貓。

「當然無罪。」簡昕走近衣晴的身邊，讓衣晴很自然地靠在她的肩上。

「妳這是在救贖男人，他們該要感謝妳。」簡昕對衣晴加強信心。

兩人相依擁抱著，這樣的感覺讓衣晴好多了，心裡頭也舒坦，眼睛可以自在地閉著，靜聽著簡昕嘴裡所哼的曲調。

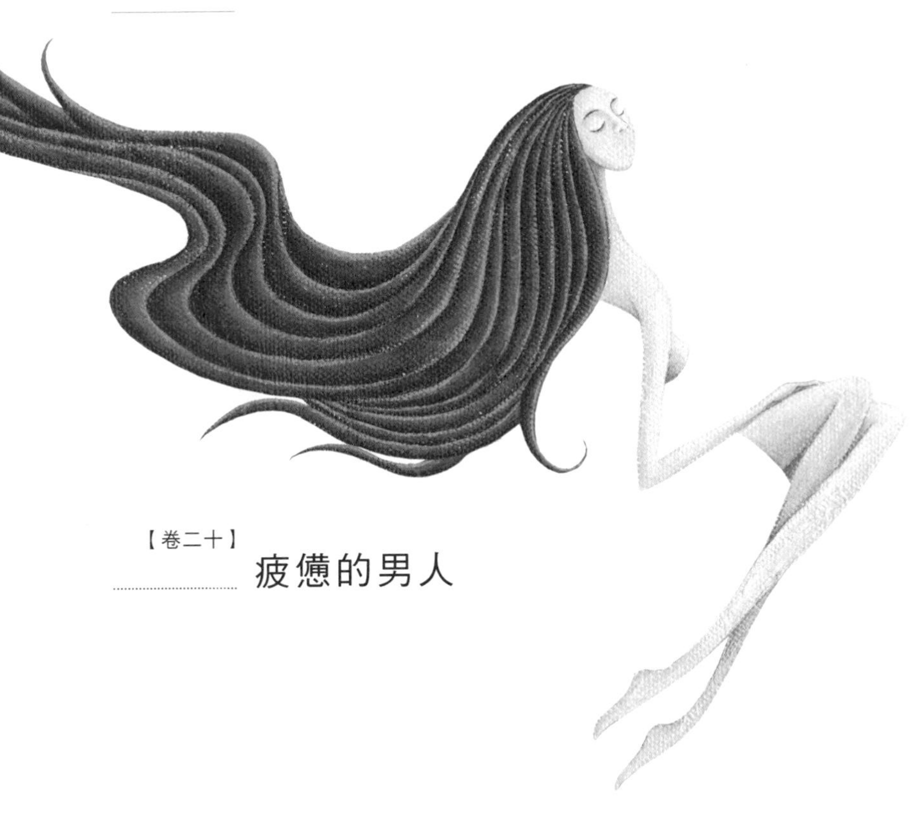

【卷二十】

疲憊的男人

我覺得有一張好大的蜘蛛網將自己困住，
腦子一下清醒一下昏睡，不知道自己是活在虛擬還是真實的世界，
像是給下了藥——

衣晴現在很清楚自己要的是什麼，她要裸身站在李偉的面前完全地將自己奉上。李偉也像迷上糖果般地對衣晴產生依戀，吸吮、兩手的用力抓撫，好柔軟的握在李偉的手掌心上……

他們倆在沒有放置任何東西的大客廳裡翻滾著，想像身處的別墅被龍捲風吹起，然後再用力地墜下，折騰到肝臟碎裂也甘願……

在兩人的激昂喘聲中，衣晴彷彿還可以聽到簡昕所哼的曲調，彷彿可以感受到她抱著黑貓正看著他們在打著男女間的戀戰，衣晴對簡昕微笑著，簡昕的臉上都是滿足的喜悅感——

「你站在那裡做什麼？」衣晴半夜醒來見著李偉坐在一旁的椅上抽著煙。

「睡不著，坐到這裡抽煙有空氣流通不會燻到妳……」李偉對衣晴微笑。

「李偉，我能不能問你一件事？」

「妳說。」

衣晴走下床去坐到李偉的腿上。

「你跟我在一起的理由是什麼？」

李偉將煙熄了摟住衣晴，「不知道，可是我可以坦白跟妳說……這不是愛……」

這對剛和宇彬分手的衣晴來說，話說得太過火。那李偉又跟宇彬有什麼不同呢？

「難道我只是你的生理需求？」衣晴問著李偉。

「不要問這種問題好嗎？如果妳不喜歡這樣，那你可以回到妳男朋友那裡去……」

「李偉，你不知道走回頭路有多危險，我好不容易才從森林裡走出來，現在你又希望我回過頭去繼續迷路嗎？……是不是因為你還放不下晨曦？」衣晴從李偉身邊站了起來。

「你告訴我晨曦現在人在哪裡？她是生是死你告訴我啊？」衣晴需要知道答案，她覺得有一張好大的蜘蛛網將她困住，腦子一下清醒一下昏睡，不知道自己是活在虛擬還是真實的世界，像是給下了藥。

「妳給我一點時間，等我想清楚了我會告訴妳。」

在森林裡走出來的也許是衣晴，可是還有一個人依舊沒有找到出路，或是看見出路而又站在原地不動的徬徨著，是那種活著時候產生的無助感，心中也有吶喊的聲音，要晨曦放過他……

衣晴在李偉那裡找不到答案，還有一個地方也許有她要的消息。

介川以楓讓衣晴等了半個小時。

「對不起，今天客人比較多，讓妳久等了。」以楓拉了椅子坐到衣晴的對面。

「沒關係，是我打擾你了。」衣晴覺得很不好意思。

「之前看妳好像很活潑，怎麼今天這麼文靜？失戀啦？」以楓像是大哥哥一樣關心問衣晴。

衣晴勉強地笑了笑，心想也許以楓還不知道她跟李偉的關係。

「介川先生，我想要問你……有關尹晨曦的事……」

以楓手上的酒杯差點滑落，他輕咳了一聲，慌了的動作看在衣晴的眼裡。

「是李偉跟妳說的？」

「嗯。」衣晴點頭。

「妳想要知道什麼事情？」以楓收起了原先的笑容，從褲袋裡拿出手帕擦了擦額頭上的汗。

「我想問你……晨曦現在人在哪裡？」

衣晴能夠感覺到不安的氣氛在周遭浮現，那心理一直想要知道的故事使她無法安睡，所以她必須要知道後來所發生的事情。

「對不起……也許我太冒失了，可是自李偉跟我提過晨曦的事後，我每隔幾天就會夢到一個女人在人間地獄裡遊走，我在猜那夢裡的人也許是晨曦……雖然我沒看過晨曦長得什麼樣子，不過我能感覺到那就是她！就算是幫幫我……也算是幫幫李偉……那個夢境的時序畫面都一模一樣，我一直重複地在做那個夢……」衣晴哀求著。

以楓解開了襯衫的一個釦子，「好像空調有問題……阿迪！」

一個服務生向以楓走來，「老闆。」

「把冷氣再開大一點，有點悶。」服務生得到以楓的指示後點頭離開。

以楓轉過來將情緒理理，喝了一口水。

「只有李偉知道晨曦在哪裡……我知道她還活著，我每天也睡不好，知道有一天她還是會回來找我，只要我活著一天，晨曦的計畫就不會停止。」以楓的眼裡有對尹晨曦的恐懼感。

尹晨曦真的有那麼可怕嗎？

「她有相片嗎？」衣晴很想看看這個女人長得什麼樣子？

「我妹妹從來不照相的，連在公演的海報上都只有李偉一個人的劇照而已。」

「公演……」衣晴在出國前，有看過『焱劇團』的最後一場演出，只是那時她買的是學生票，坐在三樓，那樣的距離是看不清楚任何一個演員清晰的臉蛋的，這也包括了李偉。

面無表情的李偉從店門外走了進來，衣晴像是做錯事的女孩不敢看他。

「以楓……」李偉坐到衣晴的身旁。

「你來啦。」以楓將手帕放進褲袋，把衣口的釦子扣好。「吃飯沒？」

「吃過了，我等會兒就走。你先去忙吧……」

以楓和李偉點了點頭，站起走回櫃檯。

「有問出結果嗎？」李偉冷靜地問衣晴。

「我不是要找你麻煩，只是我要解決我自己的麻煩……我做了夢……」

「我知道妳的夢，夢裡有一個穿著高跟鞋的女人走在人間地獄裡……」

衣晴震驚的看著李偉。

「對不起……都是我害了妳，我想是晨曦不甘願我對妳……」

「不甘願你怎麼樣？」衣晴奈不住地想要了解原因。

「我們出去再談吧……」李偉牽著衣晴的手，衣晴還擔心以楓會看到而縮了手。

「沒關係，我們走吧。」李偉抓緊著衣晴，經過以楓的身邊離開了餐廳。

他們走到後街，還沒開始聊到重點，衣晴便看到了李偉所說的那間D・Pub。

「那是你們以前常聚會的地方？」衣晴問李偉。

「對。」

李偉這時看到一個很熟悉的人坐在Pub門口的機車上抽煙，對方也朝向李偉看過來，他停止了抽煙的動作。

「你這個混帳傢伙！」Mark跳下機車朝李偉跑過來用力在他的臉上揮了一拳。李偉被擊倒在地，衣晴緊張地制止，「你幹什麼打人啊！」衣晴堵在Mark的前面。

「你這個男人真沒用，要一個女人來保護！」

衣晴聽到更火大，一腳往Mark的命根子踹過去。

「啊……」Mark痛的跳了起來，用手護著他的寶貝。

李偉看了大笑。

「你還笑……痛死我了……」

李偉站起來拉著衣晴，「他是我的朋友Mark。」

衣晴吐了舌頭不好意思的看著Mark，「你的朋友啊……對不起啦，我以為是流氓……」衣晴跟Mark點頭道歉。

「他那個樣子哪像流氓啊，像個憨三我看！」李偉笑著，上前擁抱Mark，「朋友，好久不見！」

「快三年啦！」Mark拍拍李偉的背。

他們三人走進Pub裡點了調酒，坐在以前的老位子上，梅爾吉勃遜所演的英雄本色大海報旁。

這裡的老闆似乎很喜歡這張大海報，至今還沒移動過位置甚至以其他代之。

「怎麼回來也不聯絡呢？」李偉問Mark。

「聯絡什麼，有緣自然就會碰到啦！再說……我也不知道你現在恢復了沒有，怎麼去找你啊？」Mark搖搖頭。

衣晴聽著他們的談話思索著……

「衣晴小姐，不好意思剛剛把妳嚇到了。」Mark向衣晴道歉。

「是我不對，不知道你們是朋友，還讓你……那麼痛。」衣晴笑著。

「不要緊，Mark不會介意的。」李偉舉杯敬著Mark。

幾年不見的老朋友卻在以前聚會的地方碰在一塊了，但這樣也容易把過去的往事連結在一起，使衣晴很好奇其他的團員難道都沒有聯絡了嗎？

「Tim現在怎麼樣啦？」李偉問著Mark。

「哇，你好像真的恢復了耶，是不是受到衣晴小姐的影響啊？竟然會問起其他人的下落？」Mark驚訝地問著李偉，但感覺卻是很開心的。

「也許是吧……我突然覺得這幾年過得好累……」李偉是因為把內心的不快和衣晴一起分享了，所以現在的他看起來也比較輕鬆一點，就像是肩上原本扛有一百斤的重貨，如今有人跟你分了半量，自己也省了一半的氣力。

「這樣也好！……你知道嗎？Tim和他老婆已經有一個小女兒了呢，我上禮拜去找過他們，他女兒長得真可愛！好會笑的小孩。」Mark說道。

「那你好不好？」

在布滿煙氣的空間裡，音樂聲煩躁的奏響，沒有人在中央起舞，也沒有人想划酒拳賽酒力，李偉的問候讓Mark的視線移走了好一會兒。

「忘不掉的始終忘不掉……當初我還跟她在這裡跳著舞、划著拳……」

Mark講到這裡就不再繼續說下去，和李偉喝著酒，談著他這幾年在日本的事，他們約好下次找其他的團員們一起敘敘舊，說說這幾年大夥各自的故事。

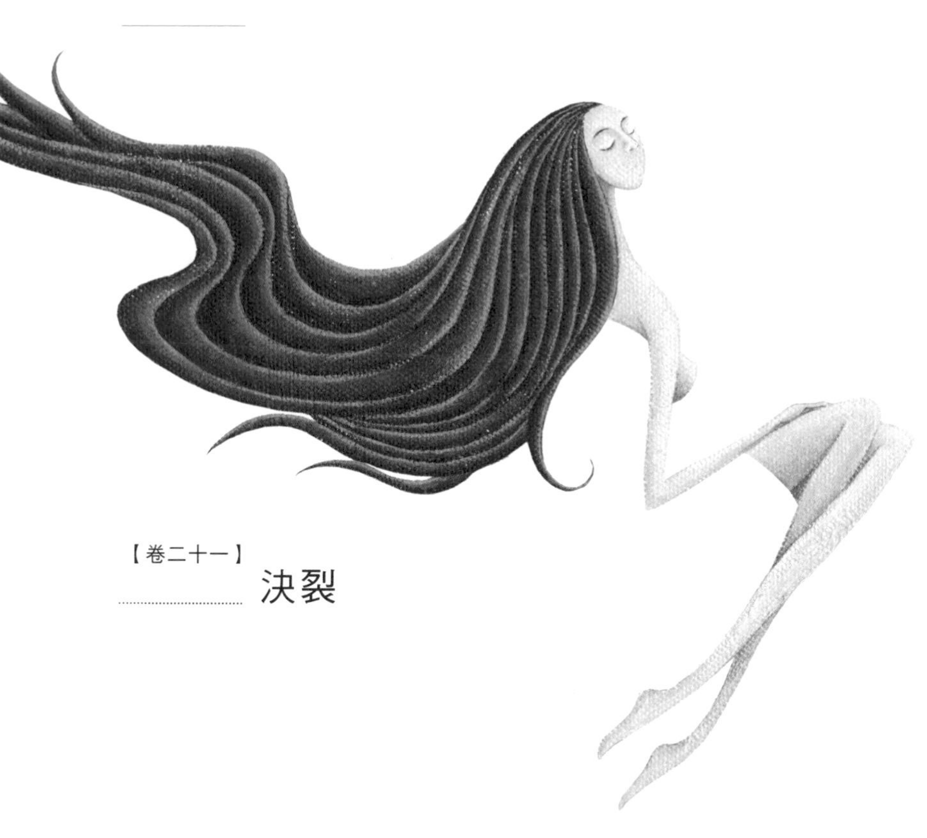

【卷二十一】

決裂

我盯著，天花板上的燈忽暗忽亮，燈泡是該換了，
一顆燈泡能夠亮多久沒有人有把握，
……一部車能夠開多久也沒有人有把握，
愛一個人又能夠愛多久呢？

坐在李偉車上的衣晴沒有繼續再追問著晨曦的事，反而是李偉整個人看起來很不對勁。

「你怎麼啦？還能開車嗎？」衣晴關心地問著李偉。

「可以，只是一個很久不見的人突然出現在我面前，一時之間覺得很奇怪……」

「你是怕看到Mark，還是不喜歡看到Mark？」衣晴好奇的問。

「都有吧……看見他又會想到以前很多不好的事情，也是因為他才認識晨曦的……」

「Mark看起來也不是很開心的樣子，任誰都難想像你們本來是一群熱愛劇場工作的人……」衣晴沒有要刻意評斷一些事情，她也很懊惱怎麼會跟這些人搞在一起。

「Mark是因為梁季矣的事才變成這樣的，發生了一些事後，他覺得自己像是個倒楣鬼，總會把不好的災難帶給別人，所以他就離開台灣了。」轉著方向盤，李偉很不願回憶當時的事。

「梁季矣？她怎麼了？」

「她出車禍死了……那是一個很詭譎的日子，所有的事情都發生在那一天，一個不吉祥的日子……」李偉突然煞車，讓衣晴嚇了一跳。

「李偉……」

「對不起……我覺得好想吐……」

李偉開了車門，蹲在旁邊把胃裡攪著他難過的東西全都吐了出來，衣晴下了車拍著他的背。

「你還好吧？」

「衣晴……我總覺得有不好的事情會發生，妳不能在待在我旁邊了。」

不好的預感衣晴也能感受到，如果她要撤，還不見得可以全身而退。

「我不會離開你的。」衣晴扶起李偉很篤定地看著他。

「我不相信在這個文明的世代還有什麼怪異的事情！」

李偉沒有把握這樣的話，他又將手伸進了褲袋，拿起手錶往手上戴著，衣晴見了不是滋味。

「那是她送你的手錶？」李偉點頭。

「為什麼？我為什麼會在你身旁？」衣晴轉過身去靠著車門，沒有月亮現身的夜晚讓人的心是如此地沒有依靠。

「我也不知道……」李偉也捱著車子告訴衣晴自己也找不出原因的事情。

「李偉，沒有那種習慣就不要再逼自己做了。」

「我不清楚妳的意思……」李偉看著衣晴。

「你明明知道自已不習慣戴錶，還要勉強自己去戴，這是為什麼？」衣晴問著。

「我沒有不習慣啊。我只是……」

「從我認識你到現在，你有好幾回手錶都是戴上拿下的，你可能沒有注意吧。」

李偉看著手上的錶，才驚覺自己有這樣的動作。

「是嗎？我都戴了幾年了，怎麼會不習慣呢……？」

衣晴從李偉生活的小動作上發現，他是有很多事情想放下卻又放不下的，就如那隻手錶一樣。

「衣晴……」宇彬的聲音讓衣晴愣了下。

開了門，宇彬和Sandy坐在客廳等著衣晴，隔了一天宇彬還是決定來找衣晴，他還想挽回。

「妳去哪裡啊？」Sandy問著。

衣晴脫下了外套，沒有正眼看宇彬。

「去朋友家。」衣晴回答著Sandy，彷彿沒有看見一旁的宇彬般。

「哥，你不是有話要跟衣晴說，你們兩個不要吵架喔，有事就講清楚吧。」Sandy進了房間，留下客廳這個空間給了她哥和衣晴。

「不管你要對我說什麼，我不會再跟你在一起了。」衣晴說著。

「衣晴……」宇彬想了好多話要說，卻不知道從哪一句話開始說。

「我們真的沒有辦法再開始嗎？」宇彬拖了好沉的氣。

「宇彬……」

「我知道我做不對事，可是我們這幾年的感情，妳怎麼能說斷就斷呢？難道妳真愛

上別人了?」宇彬走到衣晴的面前。

「宇彬，幾年的感情就當作是習慣吧，習慣是可以戒掉的……你還不知道我的個性嗎?我們不是在一起好幾年了嗎?你應該要了解我的不是嗎?」

衣晴的話讓宇彬的頭更痛，「原來…妳不跟我結婚是因為妳不夠愛我……不，也許應該說妳從來沒有真的愛過我，那……妳每次留下的紙條寫著『我愛你』又表示什麼呢?」宇彬等著衣晴回答。

「等你哪一天不把我的愛扔進垃圾桶裡，我才會開始學著愛你……」

衣晴會注意宇彬能給他什麼，一個高到不能再高的富，還是沒有氣力的愛?如果是一種隨意而不珍惜的，那又有什麼意思?在她的內心裡，她承認是因為國外的美景和年輕的心才讓她墜入情網的，是不是就像簡昕所說的激情或迷戀呢?

宇彬是個空殼子，她早該發現的，只是她懶得花時間再去研究他了，又要經過多少年的習慣，男跟女才有勇氣說再見，也許會痛，但時間會治療那樣的痛的……沒有人叫你忘掉，你也忘不掉的，就試著去療傷吧。

「衣晴，妳真的要跟我哥分手嗎？」Sandy忍不住從房裡走了出來，「到底是怎麼回事啊？哥？」Sandy想窺探原因。

「我背叛了衣晴。」

宇彬說出這句話，讓Sandy相當生氣。

「你怎麼又……」

衣晴注意到Sandy把話給吞了回去。

「哥，我對你真的很失望耶！當初你跟衣晴在一起的時候我已經警告過你了！你怎麼可以欺負她嘛！」Sandy腦子快要炸開來了。

「不能全怪你哥……我也做了背叛他的事。」衣晴坦承自己的出軌。

Sandy動也不動地望著衣晴，她瞪大眼睛實在不敢相信，這兩個人在明著玩背叛愛情的遊戲。

「我受不了你們兩個了！隨你們好了啦！」Sandy轉頭拿了外套就出門，門關得很大聲。

「是我先對不起妳的，其實……如果妳不再跟其他的男人，我想我們可以……」

「宇彬，你還不清楚嗎？背叛沒有分先後秩序的，不管誰先傷了誰的心，那都已經是定局了。」

天花板上的燈忽暗忽亮，燈泡是該換了，一顆燈泡能夠亮多久沒有人有把握……一部車能夠開多久也沒有人有把握，愛一個人又能夠愛多久呢？

宇彬離開後，衣晴走到了三樓找簡昕，她覺得自己的心有病，可以付費給簡昕償還治療的代價，起碼她現在很需要知道她的心在想什麼……

「我不會收妳的錢的。」簡昕笑了笑。

「妳是心理醫師，我是病人，妳跟我收費是應該的。」衣晴對簡昕說。

「不，我把妳當朋友……朋友之間聊聊心事是很平常的，何須要收費呢？除非妳不把我當朋友看。」

「好吧。」衣晴點點頭，花了一個小時的時間把自己認識李偉的經過告訴了簡昕。

「我可以跟你說李偉在利用妳。」簡昕下了判斷。

「利用我？」衣晴不想聽到這種判斷，也很懷疑簡昕的說法。

「不過，就算他在利用妳，妳也會慢慢喜歡上這樣的感覺……如果你喜歡這個男人，我的建議是……現在可以換妳去誘惑他！」

衣晴突然覺得自己的情緒被一股力量給吸引了。

「用妳女人的本能去誘惑他。」簡昕靠向衣晴，摸著衣晴的髮絲，她的微笑雖然有點陰邪，但卻讓人有一種很親切的感受力。

「摘去李偉過去的記憶，妳就可以完全擁有他！我想時間也到了。」簡昕嚼著生魚片，一副很享受的感覺，衣晴看著簡昕家裡古老的掛鐘，不明白有什麼人會在凌晨兩點多吃生魚片？

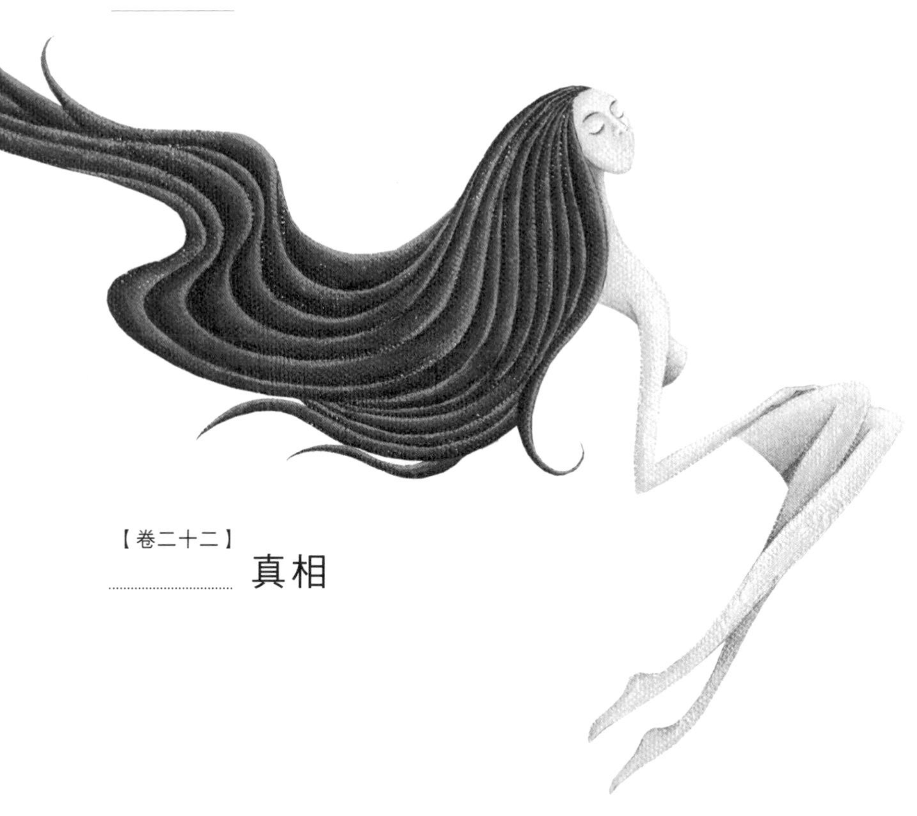

【卷二十二】

真相

旅行在綠色的草原上，奔跑著，那裡長滿了好多的野花，
朵朵的野花惹來了許多美麗蝴蝶，牠們飛舞著，
越來越多……越來越多………
轉瞬間，腳踩的草原成了泥地，蝴蝶成了隻隻跌落泥地的死蝶，
人間地獄的景象又開始浮現，那穿著高跟鞋的女人越來越接近——

一個禮拜後，衣晴陪著李偉來到D．Pub聚會。

「要見老朋友，會緊張嗎？」衣晴站在Pub的門口問李偉。

「有一點……」

衣晴發現李偉又沒戴手錶，男人的手上本來就不該有過多的裝飾，除非那手錶是她送的。她該要慢慢地佔有這個男人，讓他回到以往的自信生活，他的朋友圈就是最好的導引。衣晴的手很自然地牽著李偉走進了Pub。

錦修身旁還帶了另一個女性朋友，就如同李偉身旁多了一個衣晴一樣，Tim則獨自赴會，和前一個禮拜Mark見到李偉時同樣激動，把李偉抱得很緊，錦修感到鼻酸，眼眶很紅。幾個人終於在多年後又相聚在一塊，雖然少了一個人，但時間會修復一些傷痛，不能還原，但好過各自的獨處。

「你還是跟以前一樣帥啊！」錦修拍著李偉的肩膀說。

「你也沒變啊！氣色也很好！」李偉看著錦修。

「錦修快要結婚了！」Mark對大家說著。

錦修的女朋友頓時臉紅。

「恭喜你啊！」Tim對錦修祝賀。

「我們來幫錦修開個單身派對好了！」

Mark又在起鬨了，李偉搖頭笑著，感覺這群人還是跟以前一樣。

「我贊成開單身派對，好久都沒看見其他女人的身材了！」Tim開著玩笑。

「你們這樣鬧錦修，萬一弄得他們回去吵架可是要負起很大的責任啊！」李偉笑著說，錦修的女朋友看起來很好相處。

衣晴在觀察著他們的互動，她在想如果這玩笑若是開在她跟李偉的身上會怎樣？

「錦修這幾年不做演員換了什麼工作呢？」李偉問著錦修。

「還能做什麼？回去教書啊！」錦修笑著回答。

原本是國中老師的他，以前是讀師範的，因為喜歡戲劇才放棄了教書的工作。回到學校任職後遇到了同校的小佩，小佩是教地理的，雖然不具幽默的性格，但能把像

零號的錦修恢復到完全的男人本色，相信也有一定的功力。

「教書工作多悶啊！不如叫李偉寫個新戲，我們大家再開始，你們覺得怎麼樣？」

Tim給了提議。

「好啊！這個建議我舉雙手贊成！」

Mark誇張地把手給舉了起來，還做了猩猩的表情，惹得大家捧腹大笑，可不多久卻因為電話響起而又正經地放下了雙手。

「喂……」

衣晴看得出來Mark以前絕對是團裡的開心果。

「我在D．Pub！對……你要過來啊……」Mark瞄了李偉一眼。

「你快到的時候給我個電話，好。」Mark掛上電話繼續和大家開心地說笑。

幾個小時後大家準備散會時，一個讓大家驚訝的男人從門外走進來找Mark。

阿若看見李偉及團員們臉色驚變，他呆站在那裡，場面十分尷尬。

李偉見到阿若後臉色開始變差，好像所有的回憶瞬間閃過他的腦袋，晨曦的笑容……晨曦的任性……晨曦的驕傲……還有那雙高跟鞋……

李偉調整自己的呼吸，將頭別過去，他的手緊握著酒杯，不想再看到阿若站在他的眼前。

錦修注意到了李偉的表情，他暗示著Mark處理現在的情形，Tim則一旁搖頭，無奈地繼續灌著啤酒。

「我不是叫你到的時候打個電話嗎?……」

Mark現在慌張的很，拿起外套準備帶阿若離開，他覺得自己應該把話對阿若說清楚才是，卻又無意惹上了麻煩。

「阿若……走吧。」

阿若沒對李偉說任何話，轉身要走的時候卻碰到了從廁所走出來的衣晴，他們倆互相看著彼此而愣在那裡。

「衣晴……」

「宇彬……你來這裡做什麼?」

衣晴看著宇彬覺得很驚訝，宇彬看著衣晴也是這樣的感覺，衣晴再看看一旁的Mark。

「你們兩個認識?」衣晴問著Mark。

「你也認識阿若啊?」Mark也莫名其妙地看著衣晴跟宇彬。

「阿若……你為什麼叫阿若?」

宇彬驚慌著，對於衣晴的問題他開始想著，「阿若是我的小名……可是妳怎麼會在這裡?妳怎麼認識他們的?」宇彬反問著衣晴。

他站在李偉的旁邊已經超過一分鐘了，這個時間對李偉來說已經超過極限，李偉低著頭、皺著眉，他們的對話使他渾身感到不對勁。

「阿若是你的小名……那你不就是……天啊……」衣晴突然間覺得胸悶，昏眩感使她差點站不穩，她扶不穩旁邊的桌子，李偉見到迅速站起來抱著衣晴。

「衣晴……」

宇彬見到李偉的動作，他簡直不敢相信自己眼睛所看到的。

「衣晴……妳該不會跟他在一起吧？」宇彬問著衣晴。

衣晴的頭覺得好昏好昏，在場的其他人都不知道發生了什麼事情？李偉將衣晴扶到椅子上，他自己也想不透怎麼會這樣……

「是你……你故意介入我跟衣晴的感情，衣晴才會離開我的對不對？」

宇彬推著李偉問，他察覺這是李偉的報復行動，可李偉現在也搞不清。

「你為什麼會是衣晴的……我並不知道衣晴是跟你在一起的……」

聽到李偉不知所以的回答宇彬更是氣急敗壞，拳頭準備朝李偉的臉揮過去，卻被錦修給擋住了。

「Mark！把你的朋友帶走！」

Tim也站起來護著李偉。

Mark拍拍宇彬的背，催促著他離開這個地方，宇彬不情願地看著衣晴被另一個男人抱著，不甘心地走出店門，忌妒極致。

「沒事了！」錦修跟準備走過來的吧台老闆點了頭。

在李偉的車上，衣晴沒辦法去想整個事情的脈絡。

「我們……是因為高跟鞋的關係才認識的吧？」李偉問著衣晴。

衣晴點點頭，「我想應該是這樣……」

「世界上怎麼會有這麼巧的事情……你跟那個人怎麼認識的？」李偉又問了衣晴她跟宇彬之間的事。

「我在法國認識他的……大概在兩三年前吧……」

「兩三年前……那是阿若離開晨曦的時候……」李偉推算著過去的時間，他將車子停在別墅的門口。

他想起以前晨曦總是習慣開著她銀色的跑車來找他，而她的車子就放在人行道的旁邊。

「晨曦……妳在做什麼？妳到底想要做什麼？」李偉嘴裡低聲地唸著這句讓衣晴聽

不懂的話。

「李偉……」

介川以楓躲在李偉家的石台階旁，要進門的衣晴和李偉被以楓的樣子給嚇住了，他全身都是血……

「李偉……救我……」以楓邊哭邊說著。

衣晴退在李偉的身後。

「以楓，你怎麼……你身上那是什麼？」李偉問著面色發白的以楓。

「你讓我進屋……我再告訴你……」

以楓在發抖，李偉趕緊開了門。

「李偉……」衣晴擔心著。

「沒關係，我們進去。」李偉牽著衣晴要她別害怕。

衣晴替以楓倒了杯熱水，以楓喝了幾口，他的眼珠子有血絲，嘴唇有傷口，像是

給他自己咬傷的。

「我殺人了……」以楓顫抖說著。

衣晴聽了眼睛睜了很大，把李偉的手握得很緊。

「以楓……」李偉想坐到以楓的旁邊，卻被衣晴給拉住。

「我殺了自己的老婆……我殺了自己的老婆……」以楓抓著頭哭著，胸口沾了血的襯衫痕跡像是幾隻蝴蝶在上面飛著……

他殺了他老婆，李偉和衣晴聽進了他的話，這別墅已經很大了，說話的時候總是有些迴音，如今以楓重複了兩次這麼駭人聽聞的事情，著實把衣晴給嚇傻了。

李偉知道這有可能是事實，只是有什麼事情會讓以楓痛下殺手？

「你現在該怎麼辦？如果真的殺了人就得要自首，逃不是辦法。」李偉很冷靜地跟以楓說。

「逃不是辦法……難道我真的該去自首……」以楓的眼睛失去焦距，雙手不停地摩擦著大腿。

「她跟別人上床的照片被拍到了……」以楓用他沾了鮮血的手摸著自己的臉頰，他的臉現在有淚水、鼻涕和人血互相糊弄。

「那個人我認識……我認識……」以楓像瘋子般碎唸著。

「妳一個人留在這裡，我帶他去自首。」李偉拍拍衣晴的手要她放心。

「我跟你去……」衣晴擔心現在的以楓已經沒有理智，萬一失控，擔憂他會對李偉做出傷害的事來。

「把門鎖好，我事情辦完就回來。」李偉扶起以楓。

「走吧，否則你這樣不會安心的。」

以楓聽話地站了起來，他走之前還看了眼衣晴。

「對不起把妳連累了……這世界上有很多事情沒辦法解釋清楚，就像我們共同的夢一樣……」

以楓的眼睛看起來相當疲憊，他的話讓衣晴難解，衣晴看著以楓的背影讓她感到心酸。

「如果很多事情沒辦法解釋，最好的方式就是接受……」

衣晴也累得躺在沙發上，她想好好地睡一覺，也許這又是另一場夢境也說不定。睡醒之後一切都會跟著消失，可能又會回到從前的生活，準備著畢業作品，準備著畢業旅行……

旅行在綠色的草原上，奔跑著，那裡長滿了好多的野花，朵朵的野花惹來了許多美麗蝴蝶，牠們飛舞著，越來越多……越來越多……轉瞬間，腳踩的草原成了泥地，蝴蝶成了隻隻跌落泥地的死蝶，人間地獄的景象又開始浮現出來。那穿著高跟鞋的女人越來越接近，快要清楚地看見她的臉了……突地，那女人的口開始流出濃稠的血液，驚醒了睡夢中的衣晴。

「尹晨曦……」

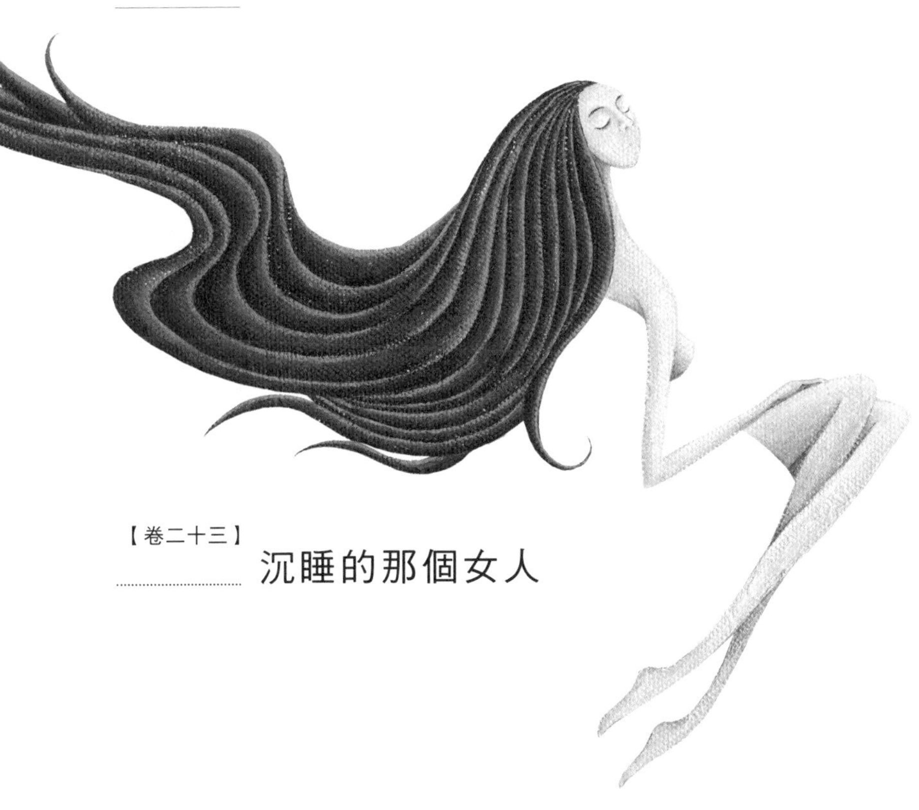

【卷二十三】

沉睡的那個女人

巴黎不一定要有鐵塔，凱旋門只等待地牛的伺候，
我要她用她的本能誘惑整個城市，
讓所有男人見著她翻騰起私淫的慾望，
她的笑可使大海變成沙漠，使海底生物成了仙人掌，
有毒汁的仙人掌……使人類乾渴之時忍不住吸飲的綠色液體，
一層一層包裹著誘惑的力量——骷髏的競技場，
滅亡無法得到昇華的靈魂和那雙長了蝶翅的高跟鞋——

衣晴醒來後不停地咳嗽，她害怕一個人在這麼大的別墅裡……

她跑出外面攔了計程車回到自己的住處，她看見大樓底下停了一輛警車，一位警察正在和管理員說話，她經過大廳去坐電梯時，還注意到大廳牆上的時鐘，指針正指著清晨五點。

電梯門一開，警察帶著宇彬從家裡走出來，Sandy站在旁邊。

「宇彬……」衣晴看著警察又看著他們兄妹。

「衣晴，我不知道她是介川以楓的老婆……我不知道她結婚了……」

這像是關鍵報告，衣晴快要被逼瘋了，好像整個事情都是被經過設計的。

「你說什麼……陳詩音是介川以楓的老婆……」衣晴再次用自己稍微清醒的意識問著宇彬。

宇彬的眼睛很混濁，單眼皮好像快要撐不起來，鬍渣子點點黑黑地沾上了他的臉，頭髮也蓋上了他好看的耳朵了，他點點頭……

這個動作是確定的，衣晴的眼睛落下了淚。

這個男人同時傷害了兩個女人，而她如果沒有認識李偉，就有可能成為第三個受害者。

就算問宇彬為什麼要不斷地嚐鮮，他也不可能知道自己是患了什麼病？

到底尹晨曦是想害她還是想救她？

「別擔心……我哥只是被帶去問話而已……」

宇彬的肩擦過衣晴的手臂，Sandy的安慰對衣晴而言沒什麼意義，她心裡的打算是要趕緊離開這個地方。

整理簡單的包袱行李，出了大樓時李偉已經守候在門口了。

「李偉……」衣晴丟下了行李緊抱著李偉。

「妳想去哪裡？」李偉輕輕地問著衣晴。

「我想離開這裡，去哪裡都好……」

「我帶妳去見她……」

衣晴抬起頭望著李偉。

「你要帶我去見晨曦？」

李偉點頭，替衣晴把行李放到車上，兩人開車離開——

「妳知道了吧？」李偉問衣晴。

「知道了，宇彬跟陳詩音的事。」衣晴點頭回答。

他們倆心裡有數該要克制那份畏懼感。

李偉嘆了口氣，「我不知道這一切是怎麼回事……不過所有的事情應該都可以找出連貫的答案，只是她現在怎麼可能有能力做出這樣的事情……」

衣晴仔細聽著李偉的分析。

「我曾經跟妳說過，晨曦最恨的就是背叛她的愛的人，她母親走上那樣的結局就是她的傑作，我在猜想以楓是她的下一個目標，可是卻要拿別人的性命來完成她的計畫，這需要考慮得很詳細。……我一直以為自己是她的利用對象，現在來看……好像不是這樣……」李偉在圓環轉了一個大圈，朝以楓餐廳的巷子口駛進去，那家不再迎接客人的餐廳。

「你剛剛說……晨曦現在沒有能力做出這樣的事情……」衣晴很疑惑。

「到了……進去就知道了。」

他們的車子停在以楓餐廳後巷的別墅前。

「這裡是……」

「這裡就是晨曦的老家，她父母被火燒死的地方。」李偉下了車站在鐵門前看著，拿出一串鑰匙出來。

「你怎麼會有鑰匙？這裡不是賣給別人了嗎？」

「我爸就是這個別墅的買主。」李偉推門而進。

衣晴踏進這個曾經是命案現場的地方。

「你父親怎麼會要買發生過事情的房子呢？」衣晴問李偉。

「那是過戶後，等這房子原來主人搬遷的前一個禮拜發生的事情，誰也沒料到有這

種慘劇發生，所以我父親沒住過這棟房子……直到我媽從美國回來叫我處理房屋稅單的事情，我才發現我老爸有一筆土地在這裡，我自己都覺得匪夷所思……那是晨曦發生事情後的幾天。」

「晨曦發生了什麼事？你不是說她還活著嗎？」

李偉沒有回答衣晴，沿著白色的圓形階梯上樓，衣晴注意到整環境都很乾淨，好像有人定期在做打掃，不像是沒人住的房子。

李偉停在一個藍色大門的門前，廊道的右邊有教堂的玻璃藝術彩窗透進外面的陽光，這裡一點陰氣都沒有，完全不像是發生過命案的地方。

「我們進去吧……」李偉轉動喇叭鎖。

衣晴跟著李偉踏進了一個好大的房間，房間成圓形狀，共有八扇玻璃窗，空氣循環得相當好，整潔舒適的白色房間，一位護士看見李偉來了，從一旁的米色沙發上站了起來和李偉點頭打招呼。

衣晴的眼睛一直盯著中間的那張大床看，她看到上面躺著一個美麗的女人，動也不動地在睡覺，真的像個睡美人，李偉牽著衣晴慢慢地靠近……慢慢地靠近。

衣晴終於可以清楚的看見尹晨曦的模樣，微捲的長黑髮、白裡透紅的肌膚、精緻迷人的五官……

「簡昕……」衣晴往後退了好幾步。

「衣晴……妳剛剛說什麼？」李偉問著衣晴。

「她是誰？」衣晴慌張地問著。

「她是晨曦啊。」

「不，李偉……你騙我……這一切都是你設計的對不對……」衣晴一直往後退。

「衣晴，妳在說什麼……我設計了什麼？」

「我見過她，她是住在我們大樓的心理醫師，她的名字叫簡昕！」衣晴哭著說。

李偉頭暈地靠向牆壁，一氣之下，把晨曦給拉了起來。

「尹晨曦妳給我起來，別再做戲了！」

護士見狀趕緊制止李偉。

「李先生，你做什麼……放開她！」護士推開李偉，把閉著眼睛沒有動作能力的晨曦給慢慢扶躺在床。

李偉看著晨曦依舊昏迷不醒，把蹲在一旁的衣晴給拉了起來。

「走！我們去找那個人！看看他們是什麼關係！」

李偉拉著衣晴走出去。

「李偉……」衣晴停下腳步。

「你先讓我想想好嗎？我的頭好痛……為什麼晨曦會躺在這裡？」衣晴轉過身去看著晨曦。

「她成了植物人了……」李偉的兩行淚，不由自主地流了下來。

他們再次回到了衣晴居住的大樓，衣晴帶著李偉坐上電梯來到三樓，只是衣晴納悶，三樓的住戶格局跟她之前見到的完全不一樣。

「明明是在這裡啊……可是這裡怎麼會有兩間住戶呢？簡昕住的地方只有一棟住戶

在居住啊……」衣晴轉了一圈看。

「樓梯……李偉我們搭電梯下去，走樓梯上來……」衣晴試著用當初和簡昕碰面的方式帶著李偉走向三樓。

她心裡猜想不知道有沒有用，但這是唯一的方法，快到三樓的時候，她漸漸發現旁邊的牆壁是不同的，往回一看所踩的樓梯都有蝴蝶的圖形，最後一個階梯踏上了三樓。

果真，簡昕的住所就在眼前。

門沒關，兩人推門而入。

「這太奇怪了……」李偉不得不驚嘆。

「這是冰封孤鳥的舞台場景，搭娜絲的家……」

衣晴想著李偉的話，讓自己回憶從前看演出的時間。

「難怪我覺得這裡看起來很熟悉……會有親切感的原因也在這裡。」衣晴也不敢相信自己所看到的。

「衣晴，我想我們走進了晨曦的想像空間了……」李偉看著衣晴說。

「簡昕……」衣晴叫著簡昕的名字。

「她不會出現的。」李偉絕望地看著窗口，「難道妳沒有發現窗戶外面不是這棟大樓的外景嗎？」

衣晴走近窗口，她往下望著，看見的是夢中的場景，底層有好多自殺的人在啃食著死貓。

「李偉……你看……」

他們看見晨曦穿著薄紗踩著高跟鞋踏在濕泥上，她哼著歌曲走著，旁邊有好多蝴蝶在跟著她，越走越遠——

李偉往搭娜絲的書桌上看，一本畫冊，那是當初晨曦拿給他看的畫冊，他找了好多次都沒找到，竟出現在他意想不到的地方……

李偉翻著畫冊，一雙雙的高跟鞋很立體的浮現在畫冊上，衣晴靠近李偉身邊跟著看，翻到最後的幾頁，衣晴看到了翅蝶的鞋子。

「這跟我買的鞋子一模一樣……」衣晴看著李偉。

李偉仔細地看著，「沒錯……『翅蝶』23.5號的那雙高跟鞋……」

衣晴從李偉手上將畫冊拿來繼續翻著，「李偉，這雙鞋子我看過，這是陳詩音穿的那雙高跟鞋……」

金色兩吋蝴蝶帶的高跟鞋，是衣晴在畫廊見到陳詩音站在宇彬身邊所穿的那雙高跟鞋。

李偉看到被咖啡杯壓到的病歷。

「陳詩音……來找過簡昕，我懂了……簡昕利用陳詩音來誘惑宇彬，讓他們去刺激以楓……」李偉遞病歷給衣晴看。

「那……那雙高跟鞋會不會是簡昕送的？」衣晴問著李偉。

「有可能……可是，陳詩音怎麼會知道這個地方？」李偉還是沒辦法解開這些結。

「這裡只有走樓梯才能上來，那有其他人來過嗎？」李偉問著。

「聽Sandy說管理員有見過簡昕……」衣晴回想之前的畫面。

「要不要去問問管理員？」

「好。」李偉拿著畫冊和衣晴走出了搭娜絲的家，晨曦嚮往居住的那個地方。

他們沿著樓梯下去，到了一樓大廳找管理員。

「請問一下，住在三樓的住戶有沒有一位叫簡昕的小姐？」衣晴問著管理員。

管理員想了想，「沒有啊……三樓住了姓蔡和姓張的住戶，沒有姓簡的。」

衣晴搞糊塗了，為什麼Sandy說管理員有見過簡昕呢？

他們倆的眼神互相凝望，如果再找不出答案，也許，還有人會遭到不幸……

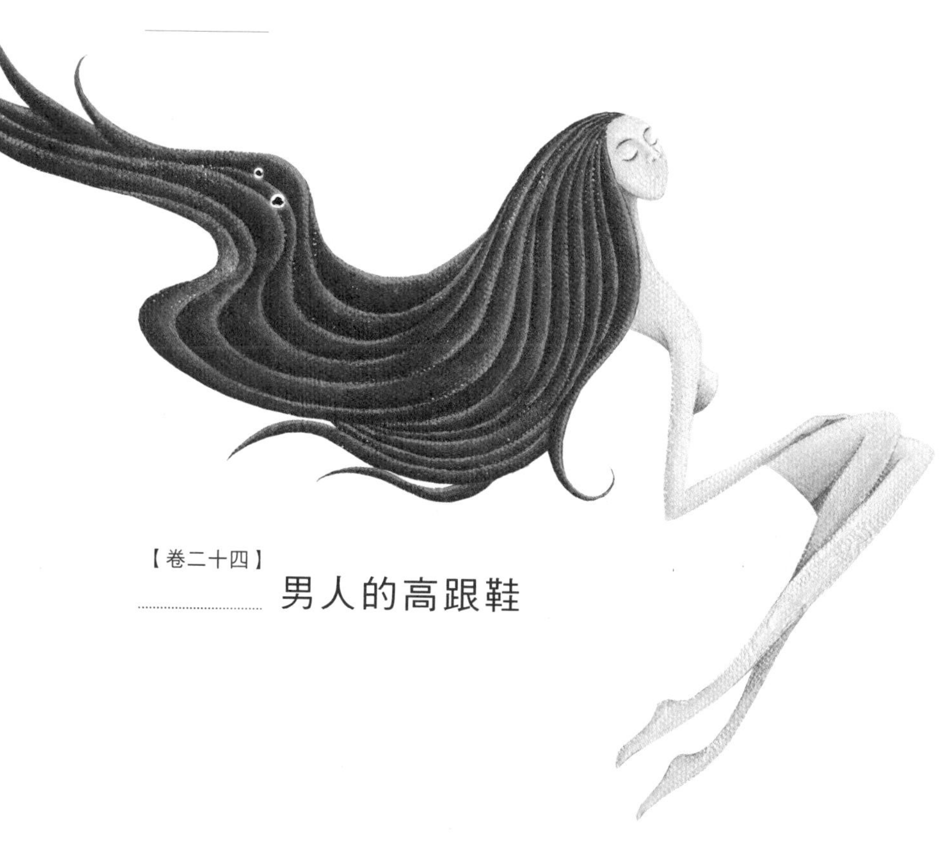

【卷二十四】

男人的高跟鞋

這世界上並不是只有黑暗與光明，
正義與邪惡的兩極力量在拉扯著，
那中間的模糊線，正是思想的力量——

李偉和衣晴找了一家咖啡廳坐著，他們實在太累了，累得不會思考。

衣晴點了杯冰咖啡，李偉則喝著熱咖啡，衣晴用長湯匙攪著底部的冰塊，李偉很注意她的動作。

「衣晴，我記得剛認識妳的時候妳喜歡喝可樂對嗎？」

衣晴搖搖頭，「我喜歡喝冰咖啡啊！我有跟你一起喝過可樂嗎？」衣晴歪著頭想著。

李偉握著衣晴的手，「妳告訴我……妳有沒有試穿過『翅蝶』的鞋子？」

「當然有啊！買鞋子本來就要先試穿看看啊，就像我們吃東西一樣，光是看外表是不準的！」

李偉現在看到、聽到衣晴說話的樣子、語氣，包括動作……都很像晨曦。

李偉低下頭去思考著，把畫冊再拿出來看著，畫冊共有23頁。

「23……有一頁好像被撕掉了……總共有24頁……」李偉腦筋很混亂。

「可樂……我好像有喝過……」衣晴一副胸口難過的樣子對李偉說。

「妳還好嗎？」

衣晴點點頭深呼吸，「嗯……沒事……」衣晴硬逼著自己回想過去的生活，她喝了口水較不難過，看見眼前的李偉想不透的樣子，她見了心疼。

「李偉，有一次我問你為什麼會買鞋子給女朋友……你回答我等待她穿上，現在我終於知道是怎麼回事了……我覺得很心疼你。」衣晴將他手中的畫冊給蓋了起來。

李偉對衣晴微笑，點起根煙抽著，「現在我知道自己這麼做也是多餘的了，晨曦她根本就不想回到現實生活，寧願游離出植物人的身體，住在自己的想像空間裡，她到現在還是矛盾地在過生活……」李偉搖頭說著。

「那我們該怎麼做才好？晨曦不醒來……這個遊戲好像得要繼續玩下去……」衣晴很擔心地看著李偉。

「晨曦怎麼會變成這樣？」衣晴又問著。

李偉將咖啡喝完又跟服務生再點了一杯，「那天是她的生日，我約了劇團的人給她慶生，她穿著我送她的高跟鞋還有美麗的洋裝，一身潔白很適合她。就在切好蛋糕

後，她說要去上洗手間……我記得……她親了我的臉頰才離開的，過了半個小時都沒有回到客廳，我有點擔心她……所以就去廁所找她……可是都沒有人，其他團員也沒看到她，過沒多久……我聽到梁季矣大叫的聲音，她看見晨曦浮在游泳池上……我跳下去救她……所有的團員都看到了，可是……她缺氧過久，就成了現在的樣子了……」

衣晴聽了很難過，故事似乎還沒有結束。

「而季矣……就在當天回家的路上出了車禍……現在想起來，我覺得是一心求死的晨曦所造成的結果。」李偉將手中的菸捏在自己的掌心上。

「為什麼晨曦會想……」

「想死嗎？……哼，我也以為我的愛可以讓她好好地生活，沒想到她竟然還是愛著阿若……」

衣晴聽了不好受。

「在她生日的前一晚還躺在我懷裡哭了起來，說阿若沒有履行承諾來看她表演……她說她很想阿若……那時我很清楚她對我只不過是只有喜歡而已，她的愛給了……」

李偉發現衣晴不安的表情，覺得自己好像說錯話，完全忘了阿若就是宇彬。

「我要是知道宇彬有晨曦……我絕對不會跟他在一起的……」衣晴難過地說著。

「衣晴，這不是妳的錯……只是我不懂阿若為什麼那麼無情，晨曦在醫院躺了三個月，回國後的他知道了也不來探望……完全想跟晨曦撇清關係。」

衣晴拉開李偉的手，把他手上扭成一小團的菸放在菸灰缸裡。

「我們去找晨曦，跟她說話……她一定能聽見的……」衣晴跟李偉提了建議。

正當兩人要走出咖啡廳的時候，衣晴的手機響起，接到了Sandy打來的電話。

「衣晴……我哥他……他跳樓了，在他的房子裡……我看見他跳下去……」衣晴的電話摔落在地，整個人昏了過去。

醒來後的衣晴已經在李偉的床上了。

「李偉……」衣晴走出房間找李偉。

她看見書房密室的大門是開著的，衣晴憔悴地走進了密室，她發現李偉坐在中間

桌子上啜泣。

「李偉，你怎麼了……」

李偉的頭埋在雙屈的膝蓋裡，衣晴爬上這張大桌子抱著李偉，只聽到李偉哽咽說著：「晨曦死了……」

李偉接到護士的電話，就在宇彬死後的一個小時，晨曦跟著走了——

這世界上並不是只有黑暗與光明，正義與邪惡的兩極力量在拉扯，那中間的模糊線，正是思想的力量，李偉他終於知道為什麼會有這樣的結局，這是晨曦所創造的故事，她親手導演的故事，她用自己的意志力去完成故事的結局。

「她曾經問我，拉索和搭娜絲會相愛多久？會在一起多久？……我始終沒有給她答案，現在她自己找到了答案，靠自己去創造愛……要多久就有多久……為了這個結局，她讓人心在誘惑和被誘惑當中游移，她發現自己做錯了……所以她選擇離開……」

李偉緊緊摟著衣晴。

衣晴感到滿牆壁的書櫃在移動著，她開始注意書櫃上的書本，她發現那些看似書本的東西，全都是高跟鞋的盒子互相緊靠立擺著。

「你為晨曦蒐集了這麼多的鞋子，她沒辦法再穿到……李偉，從現在開始你要為你自己找一雙高跟鞋，一雙就夠了……」衣晴看著李偉。

她為他擦拭著臉上的淚水。

「男人只要找到一雙屬於自己的高跟鞋就該好好地珍惜，幸福就會來臨……」衣晴說得很心酸，經過了和宇彬幾年的戀情，從來沒有想過會跟他在一起多久？反而是晨曦會不時地問著……

晨曦這麼愛宇彬，宇彬卻漠視了這個女人對他的愛，不停地尋覓新的高跟鞋。

衣晴心疼晨曦，也心疼李偉，是李偉讓她放下對以楓復仇的最後行動，選擇讓宇彬自責地做她曾經想做的事，從宇彬的高樓跳下。

「人的想像力可以製造痛苦，卻也可以享受快樂，當我站在很高的地方時，我總會想像跳下去的那種快感……這樣痛苦與快樂就可以互相交雜，那博士的酒杯就可以一飲而下……」李偉想著晨曦對她說過的話，晨曦喝下了那杯酒……

衣晴擔憂Sandy會難過，讓李偉陪著她來以前住的地方找Sandy。

「Sandy……」衣晴叫著她。

「她好像不在……」

衣晴看Sandy的電腦沒關，準備去替她關機的時候，發現旁邊有一頁高跟鞋的繪圖。

李偉湊近一看，他發現那是他送給晨曦的高跟鞋圖案，右腳底下有一隻蝴蝶……

「原來被撕掉的一頁在這裡……」李偉好奇之下，看著Sandy的電腦，他試著要找什麼資訊。

「這裡……家庭心理治療師……簡昕……」李偉將檔案列表出來給衣晴看。

「天啊……她替簡昕在網路上宣傳，難怪陳詩音會知道這個地方……可是Sandy怎麼會？」

衣晴和李偉找到了源頭，就在此時，他們聽到開門的聲音，李偉和衣晴回頭一看，Sandy正走到房門口瞪著他們。衣晴驚訝的看著Sandy……她竟然穿著高跟鞋，

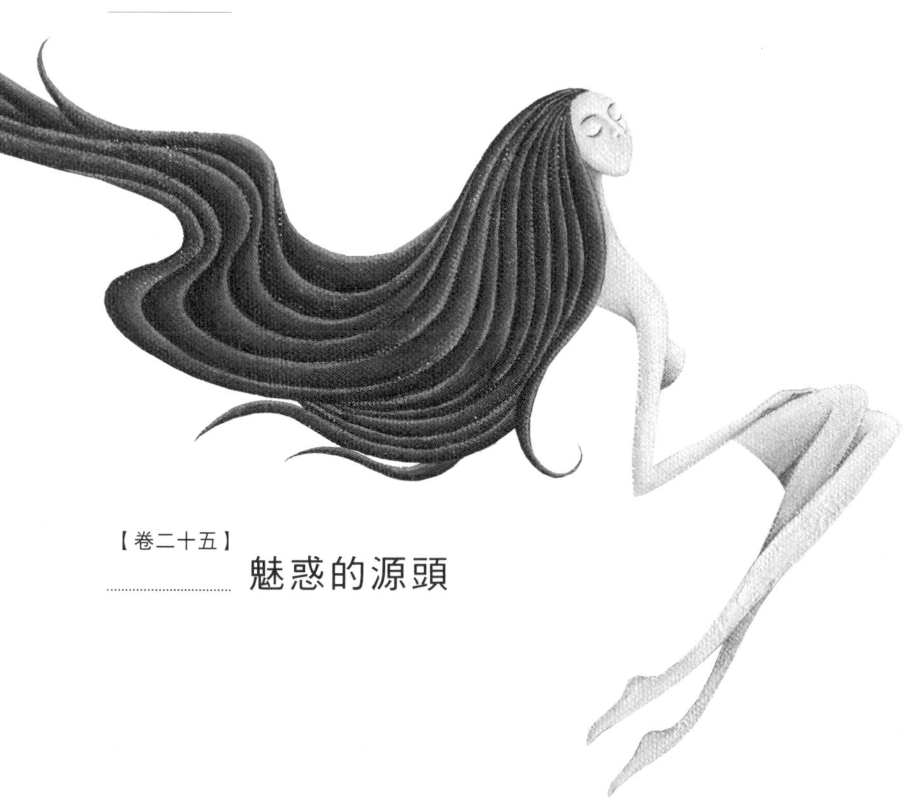

【卷二十五】

魅惑的源頭

人的想像力可以製造痛苦，卻也可以享受快樂，
當我站在很高的地方時，我總會想像跳下去的那種快感……
這樣痛苦與快樂就可以互相交雜，
那博士的酒就可以一飲而下 ——

衣晴和李偉已然嚇呆了，尤其是衣晴，她從來就沒看過Sandy這樣打扮，戴著長捲的假髮，白色的絲質長裙，這麼柔和的女性裝扮，怎麼想也想不透……

當李偉看見Sandy時，他是驚訝的。

「我在哪裡見過妳……」李偉緩緩道出。

衣晴轉頭看著李偉，「你跟Sandy認識？」

李偉一直在想著，想著哪裡見過Sandy，Sandy抬起頭來，從原本惴惴不安的眼轉而平靜。

「別想了……你們什麼東西也別找了……我就是所有故事的源頭。」

Sandy說畢竟哭了起來，那種難過悲淒的神情和哀怨的氣，足以讓人魂離斷腸。

他們坐在地板上，三個人的中間躺著畫冊和Sandy脫下的高跟鞋。

Sandy依舊戴著假髮，衣晴好不習慣。

「是我讓你們認識的……」Sandy對李偉和衣晴說著。

「Sandy，妳在說什麼？」衣晴很在意Sandy的話。

「衣晴，妳記得一個多月前我在鞋店裡兼了份差，跟你說了有雙翅蝶的鞋子很適合妳……」Sandy問了衣晴。

「記得，妳告訴我叫我直接去忠孝分店買，然後……買了鞋子我就遇到了李偉。」

衣晴想了想當初的情況。

「我想起來了……我去南京東路買鞋子的時候……看見的那位專櫃小姐就是妳……」李偉想起一個月前發生的事，是Sandy要他去忠孝店拿鞋子的。

李偉和衣晴覺得不敢相信。

「我知道妳買了鞋子後我就辭掉了那份工作，因為我知道以李偉的個性，他一定會跟妳搭上線的……因為他要的就是23.5的號碼。」Sandy看著衣晴說。

「妳為什麼要這麼做？」李偉問著Sandy。

「是晨曦要我這麼做的……」

李偉和衣晴聽了很錯愕。

「妳到底在開什麼玩笑！」李偉有點不客氣地問著。

「為什麼……為什麼妳會認識晨曦？」衣晴的問題點醒了李偉。

李偉壓抑著不滿的情緒等待Sandy的回答。

「我本來就認識晨曦……衣晴，妳記不記得我在幾年前曾經住過院？」

衣晴點著頭，Sandy繼續說。

「那時我跟晨曦住的是同一家精神病院……」

李偉和衣晴有點被嚇醒的感覺。

「我不是去一般的醫院養病，也不是無故休學的，是被我哥送去精神病院的。」

Sandy說得有點激動。

「宇彬為什麼要這麼做？」衣晴問著。

「因為那時我在研究邏輯程式的軟體……」

「那是什麼？」李偉很好奇。

「那是運用想像力去建構立體形象的軟體設計。」

衣晴他們仔細聽著Sandy說的話。

「因為過於專注，我漸漸沒有辦法好好地生活，我對家人常說一些怪話……他們認為那是怪話，都不相信我……以為我瘋了，所以我爸要我哥帶我去治療。而那間精神病院就是我哥的同事Mark介紹的……」

「Mark？」衣晴看著李偉問。

「我懂了……因為Mark知道以楓的妹妹住在精神病院，所以他才介紹給宇彬的。」

李偉想著Mark和他們的關係而分析出來的結果。

「是啊，如果住院能讓家人安心，我也樂於這麼做，而我就是在那裡認識晨曦的……我常常看見她抱著一本畫冊在前院的樹下畫著圖……就是你們現在所看見畫冊裡的圖。我始終不明白她為什麼要把高跟鞋畫上蝴蝶……後來她跟我漸漸熟了之後，她把她的故事告訴我，我才知道是怎麼回事。」Sandy說著。

李偉回憶著：「晨曦說過，穿上一雙好鞋就會找到幸福……那是她母親告訴她的話。」

Sandy點頭：「而她母親就是用高跟鞋去找尋幸福的……和許許多多的男人牽扯不清，一再對不起晨曦的爸爸……晨曦不甘自己的父親被欺騙，何況她媽媽是跟自己的哥哥發生關係呢？」

「晨曦這麼清楚地告訴妳……那證明她的確沒有瘋……」李偉說著。

「誰說住在精神病院裡的人就是瘋子，誰又能證明我們是瘋子呢？精神病院裡的人敢過自己要過的生活，這樣的人才正常，活在自己建構世界有什麼不對！……外頭都是自私虛偽的生活，那群人才是真瘋子！」Sandy反駁著，表現得很激動。

Sandy拿煙抽著，面朝窗口說：「我們相處了幾個月……不瞞你們說，我很喜歡晨曦……以前的晨曦是個害羞很怕陌生人的女生，我和她交上朋友之後，知道她受到的傷太重，試著去影響她的觀念，要她把隱藏在心中的氣給發洩出來……我記得要出院的前幾個禮拜，我跟她交換了條件……」

李偉和衣晴不是很清楚Sandy的說明。

「你們交換了什麼條件？」李偉問著Sandy。

「我替她找到復仇的源頭，而她得成為我的實驗品。」

衣晴似懂非懂的看著Sandy：「那為什麼要犧牲妳哥？」

「因為他讓晨曦傷心！因為他讓晨曦失去了自己！」Sandy轉過身來憤怒地說著。

「那妳成功了嗎？」李偉也站了起來冷冷地看著Sandy。

Sandy不太敢正面看李偉。

「對不起……我把你給牽進來了……可是，我真的不曉得會傷害那麼多人。」

Sandy對李偉有歉意，而衣晴卻像是發了呆的小娃娃坐在那裡。

「Sandy成功地幫著晨曦報仇，卻不知道晨曦這麼愛她的哥哥……所以忌妒會讓人發狂而亂了陣腳。」衣晴淡淡地說著。

「我原本想說妳跟我哥在一起，晨曦就會忘了我哥，就會再次注意到我……」

「所以妳才把我介紹給妳哥認識？」

對於衣晴的問題，Sandy也只能承認點頭。

「那我跟衣晴的認識又是怎麼一回事？」李偉站在Sandy的面前問。

「我在虛擬的空間裡連結到了晨曦，她成了植物人之後，我試圖用過許多的方式去連結和她溝通的管道，沒想到……在我最忽視的一個角落裡卻出現了晨曦……」

李偉皺著眉看著衣晴，他不明白。

Sandy對著李偉繼續說：「我本來以為晨曦很愛我哥，所以才捨不得離開……沒想到，她是對李偉放不下心……所以埋藏在她的意識底下的就是李偉所給她的另一個生命……」

「搭娜絲……」李偉說出這個名字時，心理感到沉痛，揪著他很酸、很苦。

「我走入了晨曦的另一個生存的空間，她告訴我李偉是一個意外的插曲，是對抗我們復仇的另一股力量，她招架不住，而且慢慢屈服……所以她要我幫李偉走出來，唯一能連結的關鍵，就是『高跟鞋』……」

衣晴看著李偉，Sandy所謂的連結，她很明白是怎麼回事，一個男人會為了一個躺在床上的女人蒐集高跟鞋，只有一個力量能讓他這麼做，就是那股『愛的力量』，晨曦感動李偉對她的愛，相對也懲罰了宇彬對女人的背叛和不尊重。

「妳的意思是……晨曦要我停止為她蒐集高跟鞋，要我忘了她……」李偉有點責怪晨曦。

Sandy搖頭說著：「晨曦要你找回自己，她想藉由衣晴創作的熱愛來喚醒你再次站在舞台上的衝勁，重新踏進你熱愛的劇場生命。」

李偉隱忍著，他不想掉淚，吐了口氣笑問著Sandy：「妳得到了什麼？」

Sandy避開了李偉的眼睛說：「只要晨曦能快樂，我願意為她做任何事……我能得到什麼不重要……而且我知道我哥不好，我不能讓衣晴步上晨曦的路。」

Sandy的說法讓李偉沒辦法接受。

「其實妳的試驗很成功啊！妳原本要藉著我來殺掉介川以楓對不對？」李偉盯著Sandy不放，有點挑釁的感覺。

「沒錯，因為你父親跟晨曦的母親有過一段關係，而且沈燕君還背著晨曦的爸爸，在私下把房子賣給了你父親，所以我們才會對你……」

「所以妳們才來接近我！」李偉終於明白晨曦為什麼會出現在她的面前了。

「可沒想到……你跟你父親完全不一樣，而且對晨曦的好逐漸消磨晨曦的怨氣……而高跟鞋的咒詛力量卻漸漸消失了。」Sandy拿起地上的畫冊說。

「這裡的每一頁圖畫都是晨曦用她母親的血給畫出來的，除了第24張圖稿……」

衣晴看著眼前的那雙白色高跟鞋，Sandy也看著那雙高跟鞋。

「沒錯就是這雙高跟鞋，這是晨曦偷偷畫下的，那是解除這個遊戲的最後規則，只要有個愛她的人拿了這雙藏在腳下的蝴蝶高跟鞋給她，她就放棄復仇……她很意外那個人竟然是李偉而不是阿若。」

李偉拿起了地上的高跟鞋，他看著鞋底的蝴蝶，想起晨曦拿到這雙鞋的表情，一種漠然的錯愕。

「那晨曦就應該放棄復仇不是嗎？」衣晴問著Sandy。

「可是晨曦不甘願就此結束……所以她發下重誓，用自己的生命來換取介川以楓的生命……」Sandy回答著衣晴。

「不對，死的卻不是介川以楓，而是他的妻子和宇彬……」

衣晴看著Sandy說著。

「宇彬是我推下去的，介川以楓殺了自己的愛妻，生不如死，這不是更悲慘嗎？」

Sandy把話說完後摘下假髮，表情冷漠。

「晨曦已經走了，我會去自首，這雙鞋就留給你吧……」Sandy對李偉說。

【卷二十六】

人間天堂鳥

——愛情的守衛神

男人只要找到一雙屬於自己的高跟鞋就該好好的珍惜，
幸福就會來臨——

咒詛的怨畫下了雙雙的蝴蝶高跟鞋，用思想意志的連結來使用匠工的手打造人間的高跟，共用23個咒詛的怨，經過23次循環的連結，連結彼此間的關係。

奧妙的存在，藉女人的雙腿來媚惑世間的男人，而背叛愛情的人將受到最嚴厲的懲罰，死將不是最高境界，而失去生命的靈魂才是痛苦之最。隱藏在鞋底的蝴蝶翩翩起舞，那是一個女人的小小希望，創造愛情的力量正是李偉表現愛的最初根源，世間確實存在著拉索和搭娜絲故事的偉大愛情，人間地獄換化成人間天堂，看見天堂鳥依舊守衛著對對的戀人。

衣晴完成了拍攝的電影『男人的高跟鞋』，她發表作品的那天正是她24歲的生日。李偉站在校門外，拿著那雙白色高跟鞋等著她，數個月前李偉也像這樣等過她，只是那時候他還茫然地為另一個女人蒐集著高跟鞋。

「生日快樂！」李偉笑著對衣晴說。

他記得衣晴曾經說過他笑起來很好看，所以他以後要常常笑，李偉將高跟鞋放在地上，只等著衣晴的回答。

衣晴看著李偉靦腆的樣子，也不想再逗他，脫去了腳上的那雙球鞋，衣晴穿上了那雙白色高跟鞋。

她牽著李偉的手走著，李偉再也沒戴過手錶，也緊緊地牽著衣晴的手，繼續走向他劇場的生命創作，天堂鳥守護著拉索和搭娜絲——

「男人只要找到一雙屬於自己的高跟鞋就該好好的珍惜，幸福就會來臨……」

元氣生活！生活元氣！

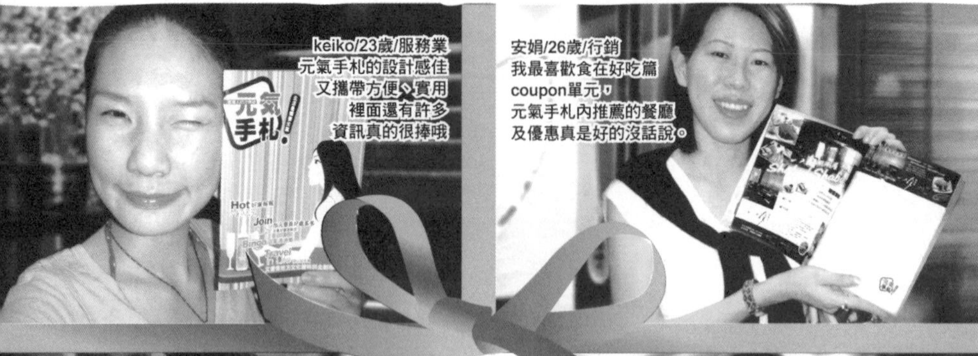

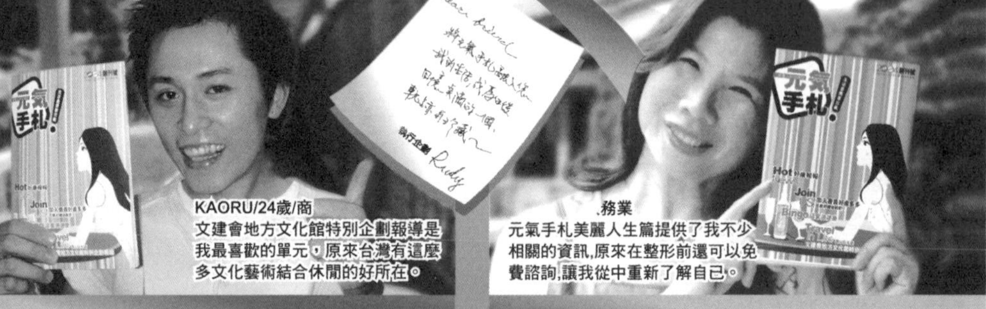

Join US!

加入會員 **好處多多**

- 不定期舉辦回饋活動。
- 加入會員即可獲贈精美小禮物一份。

(須附10元回郵信封，郵寄：
台北縣新店市二十張路86號1樓)

yes! 我要加入「**元氣手札**」會員

姓名：　　　　　　職業：

生日：　　　　　　電話：

地址：

E-MAIL：

葉子出版股份有限公司

讀・者・回・函

感謝您購買本公司出版的書籍。
爲了更接近讀者的想法，出版您想閱讀的書籍，在此需要勞駕您詳細爲我們塡寫回函，您的一份心力，將使我們更加努力！！

1.姓名：＿＿＿＿＿＿

2.性別：□男 □女

3.生日／年齡：西元＿＿＿年＿＿＿月＿＿＿日＿＿歲

4.教育程度：□高中職以下 □專科及大學 □碩士 □博士以上

5.職業別：□學生□服務業□軍警□公教□資訊□傳播□金融□貿易
□製造生產□家管□其他＿＿＿＿＿

6.購書方式／地點名稱：□書店＿＿＿□量販店＿＿＿□網路＿＿＿□郵購＿＿＿
□書展＿＿＿□其他＿＿＿

7.如何得知此出版訊息：□媒體＿＿＿□書訊＿＿＿□書店＿＿＿□其他＿＿＿

8.購買原因：□喜歡作者□對書籍內容感興趣□生活或工作需要□其他

9.書籍編排：□專業水準□賞心悅目□設計普通□有待加強

10.書籍封面：□非常出色□平凡普通□毫不起眼

11. E－mail：＿＿＿＿＿＿＿＿＿＿＿＿＿＿＿＿

12喜歡哪一類型的書籍：＿＿＿＿＿＿＿＿＿＿＿＿＿＿

13.月收入：□兩萬到三萬□三到四萬□四到五萬□五萬以上□十萬以上

14.您認為本書定價：□過高□適當□便宜

15.希望本公司出版哪方面的書籍：＿＿＿＿＿＿＿＿＿＿

16.本公司企劃的書籍分類裡，有哪些書系是您感到興趣的？
□忘憂草（身心靈）□愛麗絲（流行時尚）□紫薇（愛情）□三色堇（財經）
□ 銀杏（健康）□風信子（旅遊文學）□向日葵（青少年）

17.您的寶貴意見：

＿＿＿＿＿＿＿＿＿＿＿＿＿＿＿＿＿＿＿＿＿＿＿＿＿＿

☆塡寫完畢後，可直接寄回（免貼郵票）。
我們將不定期寄發新書資訊，並優先通知您
其他優惠活動，再次感謝您！！

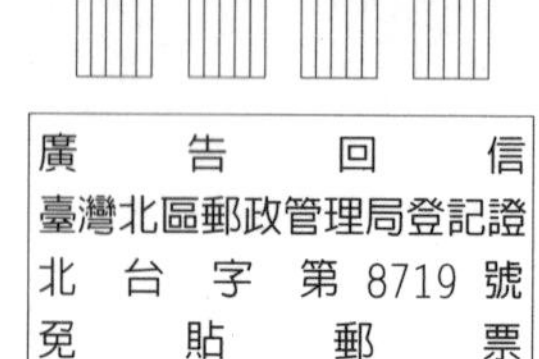

106-□□
台北市新生南路3段88號5樓之6

揚智文化事業股份有限公司　　收

□□□-□□
地址：　　市縣　鄉鎮市區　路街　段　巷　弄　號　樓
姓名：

書號 L3104　　書名 男人的高跟鞋

根

以讀者爲其根本

莖

用生活來做支撐

葉

引發思考或功用

獲取效益或趣味